北京科技大学研究生教育教材建设项目《〈劝导〉文体分析：奥斯丁的情与自我》（项目编号 2022JCB033）。

Jane Austen

Persuasion

奥斯丁的情与自我

《劝导》文体分析

梁晓晖 裴琪惠——著

人民东方出版传媒
People's Oriental Publishing & Media
東方出版社
The Oriental Press

图书在版编目（CIP）数据

奥斯丁的情与自我：《劝导》文体分析 / 梁晓晖,
裴琪惠著. -- 北京：东方出版社, 2023.7

ISBN 978-7-5207-3399-1

Ⅰ. ①奥… Ⅱ. ①梁… ②裴… Ⅲ. ①奥斯丁(Austen,
Jane 1775-1817)—小说研究 Ⅳ. ①I561.074

中国国家版本馆CIP数据核字(2023)第064185号

奥斯丁的情与自我：《劝导》文体分析
（AOSIDING DE QING YU ZIWO: QUANDAO WENTI FENXI）

作　　者： 梁晓晖　裴琪惠
策划编辑： 鲁艳芳
责任编辑： 杭　超
装帧设计： 李　一
出　　版： 東方出版社
发　　行： 人民东方出版传媒有限公司
地　　址： 北京市东城区朝阳门内大街166号
邮　　编： 100010
印　　刷： 北京明恒达印务有限公司
版　　次： 2023年7月第1版
印　　次： 2023年7月北京第1次印刷
开　　本： 660毫米×960毫米　1/16
印　　张： 15.25
字　　数： 185千字
书　　号： ISBN 978-7-5207-3399-1
定　　价： 69.80元
发行电话：（010）85924663 85924644 85924641

目录

Persuasion

Jane Austen

Persuasion

Jane Austen

第一章

如果你正深陷情感困扰，如果你正因身边发生的各种不畅而心绪难宁，也许你可以在奥斯丁的《劝导》中找到相似的境况，更可以从女主人公的智慧应对中悟到可供借鉴的成长密钥。其实大家热衷的都市言情小说或现代偶像剧里都会有诸多经典作品中的桥段，而奥斯丁的作品，就常常被借用。她的故事里的经典片段总能被后世借鉴和改写，她的故事里面的人物总能在人们心目中历久弥新。那么，究竟是什么力量赋予了经典文学作品不朽的光辉？又是什么魅力使奥斯丁的经典剧情得以绵延数百年？本章就从记叙文发展的几个要素（Setting、Characters、Conflicts）入手，来探索奥斯丁《劝导》的故事情节如何让后世铭记，她笔下的人物又是如何向我们传递爱情路上寻求“自我”的真谛的。

赤字庄园

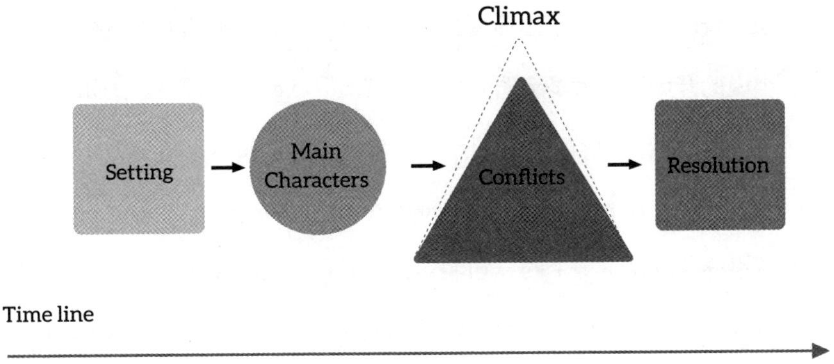
Climax
Setting
Main Characters
Conflicts
Resolution
Time line

记叙文结构图

一、作为退路的巴斯
——章节内容解析

正如我们在《奥斯丁生活智慧：〈理智与情感〉解读》中所提到的，奥斯丁小说的开场设计大多会对人物的“资产”状况进行铺垫。比如《傲慢与偏见》中，作者以这样一句话开头：“It is a truth universally acknowledged, that a single man **in possession of a good fortune**, must be in want of a wife.”这句话堪称英国文学史上的一句名句，意思是：众所周知，多金的单身男子都渴望拥有一个妻子。这句话不无讽刺地反映出，当今人们都认定，谈婚论嫁是要有一定的财产为基础的。再如《曼斯菲尔德庄园》的开头，人物一出来，不说相貌，不说品行，先亮出财产数额这一标签：“About thirty years ago Miss Maria Ward, of Huntingdon, **with only seven thousand pounds**, had the good luck to captivate Sir Thomas Bertram, of Mansfield Park, in the county of Northampton, and to be thereby raised to the rank of a baronet's lady, with all the comforts and consequences of an handsome house and large income.”这句话可以理解为：大概在三十年前，玛丽亚·沃德小姐仅凭着七千英镑的陪嫁，就幸运地成为北安普顿曼斯菲尔德庄园托马斯·伯特伦的夫人，从此不仅享

受着显赫爵位，还拥有豪华的住宅、大把的收入等一切舒适条件。除此之外，《爱玛》中的女主人公更是天眷淑女："Emma Woodhouse，handsome，clever，and **rich**，with a comfortable home and happy disposition，seemed to unite some of the best blessings of existence." 这位姑娘不仅集聪慧与美貌于一身，还家境富有；不仅享有舒适的房子，更拥有开朗的性格，似乎是获得了世间最美好的祝福。

而《劝导》也不例外。小说一开头，奥斯丁便以滑稽幽默的语言轰轰烈烈地介绍了一番女主人公的父亲Sir Walter Elliot——这位爵爷的头衔与家世。

场景设置

小说第一页就隆重介绍了这位爵爷的家族史，这一家族史是通过这位爵爷每天必读的家史书《准爵录》来引出的。《准爵录》中记载："Then followed the history and rise of the ancient and respectable family，in the usual terms; how it had been first settled in Cheshire; how mentioned in Dugdale，serving the office of high sheriff，representing a borough in three successive parliaments，exertions of loyalty，and dignity of baronet..." 作者介绍，这部家谱用普通的语句介绍了他们家族辉煌的历史：最开始如何到柴郡定居，后来如何载入考古学家达格代尔的史书，再后来如何出任郡长以及接续担任三届国会议员，尽忠效力，加封爵位……为什么作者强调家谱是"用普通的语句（in the usual terms）"——当然是这部家谱中用了让这位骄傲自大的爵爷觉得不过瘾的语句了。

这样的介绍，洋洋洒洒，一直蔓延一页有余，最后赫然几个大字："Heir presumptive，William Walter Elliot，Esq.，great grandson of the second Sir Walter"——"假定继承人，第二位 Walter 爵士的曾孙，William Walter Elliot"——爵爷的信息终于出现了，读者看了这么多内容，肯定能想象，爵爷每天细读家史，也是为了看到关于自己的这一句话吧。一位如此显赫的贵族！一位如此伟大的人物！当然，这是爵爷内心对自己的高度评价。

人物亮相

围绕贵族背景的介绍，小说中的人物也纷纷闪亮登场，第一个自然是这位最 respectable（讽刺语气）的 Sir Walter Elliot 了。先看小说开篇第一句：

"Sir Walter Elliot，of Kellynch Hall，in Somersetshire，was a man who，for his own amusement，never took up any book but the Baronetage." 这句话大致可以这么理解：在萨默塞特郡，有个凯林奇大厦，住着沃尔特·埃利奥特爵士，他为了自得其乐，一向什么书都不沾手，就只爱看那本《准爵录》。

熟悉奥斯丁作品的读者一定知道，奥斯丁的文风多以长而复杂的句型结构著称，可此处却出现了罕见的断续句，短短一句话竟有五个逗号，而且前三个逗号造成了语法上不应该有的断句。这明显不是奥斯丁惯常的语言风格。那么这个语句的目的是什么呢？是因为奥斯丁在戏仿 Sir Walter Elliot 的语言，而字如其人——他的 stupidity，以及他的自鸣得意，就从第一句话的断句中可见一斑。这样的断句带给我们一种感觉：一方面，这个人的思维不连贯，不成体系，于是这个人的愚蠢也就跃然纸上了；另一方面，随着句子的停顿，我们简直可以看到他那摇头摆尾、自鸣得意地回忆家族史的样子！

紧接着，第二句话的结构呈现出强烈的反差："there he found occupation for an idle hour，and consolation in a distressed one; there his faculties were roused into admiration and respect，by contemplating the limited remnant of the earliest patents." 此处马上进入两个优雅的排比句，这是带有鲜明奥斯丁特色的连贯而精粹的长句："在闲暇中找到了消遣，在困苦中找到了安慰。"如此一来，在讽刺取笑了这位爵爷之后，奥斯丁惯常的语言便出现了。这样流利的语言与前面多处断句形成对比，彰显出了这样的效果：奥斯丁站在一个高位上，对 Sir Walter Elliot 进行深深的挖苦与蔑视，而读者也被拉到奥斯丁的高位上，从而形成了对这位爵爷的判断——蠢不可耐、自命不凡。除此之外，此句重复性的排比用法强化了 Sir Walter Elliot 行为的重复性，渲染出他天天无所事事的状态——抱着一本家谱反反复复地看。另外，Sir Walter Elliot 的第二大特点——虚荣——也通过奥斯丁精妙的语言活灵活现地呈现出来："Vanity was the beginning and the end of Sir Walter Elliot's character; vanity of person and of situation." 这句的使用方法不同于我们常用的句型"He is a man of vanity"，奥斯丁巧妙地将具有修饰性质的名词"vanity"作为主语，又说这是他性格的始末，真是体现出他"彻头彻尾"的虚荣，而且还加一句"vanity of person and of situation"，说明他对自己的外貌和境况很满意。

句型结构分析

主语	系动词	表语	主语补足语
Vanity	was	the beginning and the end of Sir Walter Elliot's character	vanity of person and of situation

第二个出场的是 Lady Russell: “ That Lady Russell，of steady age and character，and extremely well provided for，should have no thought of a second marriage，needs no apology to the public，which is rather apt to be unreasonably discontented when a woman does marry again，than when she does not...”，这句长句我们可以参照一下译林出版社的中文译文：“这位 Russell 夫人已经到了老成持重的年纪，加上生活条件又极其优越，不会再兴起改嫁的念头，这一点不用向公众赔不是，因为改嫁比守寡还要使这些人感到愤愤不满。”①

此处复杂的句型结构可以体现出她缜密的思维，这完全不同于 Sir Walter Elliot 的语言。然而奇怪的是，大家都能接受她的寡居身份，却不能接受 Sir Walter Elliot 的单身状态，由此说明了当时男性和女性不同的社会地位。那么，为何如此精明的 Lady Russell 可以与如此荒唐的 Sir Walter Elliot 保持这么密切的关系呢？为何她会如此恭敬这位愚蠢的爵爷呢？这就涉及后面第三部分即将讲述的当时的阶级社会、男权时代的背景了。

伴随着简明轻快的语句，女主角 Anne 出场了：“A few years before，Anne Elliot had been a very pretty girl，but her bloom had vanished early.”这句的意思是：安妮·埃利奥特几年前还是位十分漂亮的小姐，可惜她早早地失去了青春容颜。如此一位超凡脱俗的姑娘跃然纸上，而她究竟为何芳华早逝，这一疑问也为后文的叙述设定了悬念，第二部分“当你无能为力时”将对此进行探讨。而看到这句话，她的命运也能立刻引起读者的疼惜。

接下来便是安妮的姐姐，Sir Walter Elliot 的大女儿 Elizabeth 的第一次出场：“Elizabeth did not quite equal her father in personal contentment.”虽然她占据着家中

① 译文选自译林出版社《劝导》第 5 页。

所有的优势资源，可她并没有感到快乐与满意。这也为后文埋下了很好的伏笔——因为，她没有爱。后文作者交代了Elizabeth占据的所有优势，展现的所有自傲，但她从未体会过她所期待的爱情。为什么呢？作者暗中指出，其实她从来不给予别人爱，所以才不能收获爱。

豪宅风波

在毫无理智的Sir Walter Elliot的管理之下，这座华丽的庄园，自从Anne的母亲过世后便日渐衰落了。如今更是入不敷出、债务累累。在这万般紧急之时，Elizabeth同Sir Walter Elliot只是成天哀叹时运不济，命途多舛；父女两个谁都不愿意去寻找有效办法开源节流，因为他们虽然希望节省开支，却又不愿放弃任何舒适条件，而降低生活水准对他们而言是有损尊严的。

没落贵族，庄园赤字，无奈之下，Anne与Lady Russell一起出谋划策，提出紧缩不必要开支等具体措施建议。然而，即使尽全力节俭也得七年才能还清所有债务。这样一来，Anne就提出要全面节俭的措施，以最快速度偿还一切债务，而不是像Lady Russell提出的那种过于温和的节俭清单。而面对这样一位爱慕虚荣的爵爷和如此娇生惯养的大小姐Elizabeth时，她们又将何以为继呢？

回顾一下我们的记叙文结构图，介绍完背景之后，人物就在这个背景下被介绍出来。而且从现在开始，一步步，小说中的冲突就会不断发生。

看看Anne的建议是怎样被这对奢侈的父女俩对待的：

“How Anne’s more rigid requisitions might have been taken is of little consequence. Lady Russell's had no success at all: could not be put up with, were not to be borne." 如果 Anne 还在担心她那些严苛的节俭措施会遭到父亲的何等反对，那她就大错特错了！因为他们甚至连听都不愿听："What! every comfort of life knocked off! Journeys, London, servants, horses, table — contractions and restrictions every where! To live no longer with the decencies even of a private gentleman! No, he would sooner quit Kellynch Hall at once, than remain in it on such disgraceful terms."（这父女俩惊叹道：什么！减掉生活一切舒适条件？！旅行，进城，仆人，马匹，用餐，样样都要减缩，样样都要限制？！以后连个普通绅士的体面都没有了！我绝不允许这样的事情发生！我宁可离开凯林奇大厦，也坚决不可以忍受这样的屈辱！）其实这对爱慕虚荣的父女做出这样的反应倒也不足为奇。

话音未落，"离开凯林奇大厦！"爵爷这句话，让前来为他们出谋划策的律师 Mr. Shepherd 想到了一个新主意。他们最终拟定了三个方案——离开此处，前去伦敦、巴斯或者乡下的另一处住宅。因为伦敦生活太过奢侈，不符合缩减开销的目的；前往乡下的另一处住宅又有失体面；再加上 Lady Russell 喜欢巴斯，于是，巴斯便成了他们最后的选择。爵爷也认为这是唯一一个可以两全其美的办法：既可以节约开支，又可以自由花销，还不至于丢了面子。

那么接下来就涉及房屋租赁的问题了。他们会将豪宅出租给哪位大户人家呢？而这一剧情，又如何为 Anne 的爱情之路埋下伏笔？我们再来看看众人的对话：

在小说第三章的开头，Shepherd 先生带来了好消息：有钱的海军军官马上回来了，而且海军一般是非常可靠的房客。然而穷途末路的爵爷却斤斤计较，不想把房子租给他认为长相不好看的海军。此刻 Anne 的聪颖善良，便从她与父亲的对比中鲜明地体现出来了：

“The navy，I think，who have done so much for us，have at least an equal claim with any other set of men，for all the comforts and all the privileges which any home can give. Sailors work hard enough for their comforts，we must all allow.” Anne 反对父亲的主张，说道：“海军为我们的平安做了这么大的贡献，他们理应像其他人一样享受家中所能提供的一切舒适条件。”

对于这番肺腑之言，Mr. Shepherd 表示强烈赞同，“Very true，very true. What Miss Anne says，is very true”，但可笑的是 Sir Walter 却说了这样一句风凉话：“The profession has its utility，but I should be sorry to see any friend of mine belonging to it.”（海军这个职业虽有用处，但是如果我的哪位朋友当了海军，我会替他感到惋惜。）于是，爵爷这一虚伪又自以为是的形象再一次在读者心中留下了深刻印象。

人物都出场后，小说中的第一重要矛盾就被介绍了出来：这位爵爷家因花销巨大而负债累累，而且他们除了搬到便宜的住所去并出租这所乡间豪宅，几乎没有什么别的办法。

二、当你无能为力时
——奥斯丁的“自我”

读过《奥斯丁的生活智慧：〈理智与情感〉解读》的朋友们一定记得，奥斯丁是一位不喜欢直接说教的作家，她对读者进行的爱情指引都是润物细无声的。本书每章的第二部分就以奥斯丁作品中的人物怎样一步步地应对困境、追寻“自我”为线索，体悟奥斯丁的处世之道。

这一章我们先来谈谈奥斯丁对“自我”的理解，是如何呈现于 Anne 的“自我”追寻之中的。而这样的“自我”又是如何帮助她在山重水复疑无路之时，仍旧保持着柳暗花明又一村的希望；又是如何帮助她在无能为力时，依旧勇敢地直面困境。

电影剧照——Anne

我们一生中，总会遇到像 Anne 这样完全无能为力的时候。她当时面临的处境几乎是我们能够想象的最为糟糕的境况。首先在经济上，往日富足的家现在赤字连连，然而即便是在这样的情况下，她的父亲和姐姐依旧还是不改昔日大手大脚的秉性。更不堪的是，她的姐姐，这位大小姐竟想出了一个“唯一”能够节俭的办法：“to which expedients she afterwards added the happy thought of their taking no present down to Anne，as had been the usual yearly custom.”（打破每年的惯例，以后出行回来时不再给安妮带礼物了。）其实她与父亲每年去伦敦游玩，花费巨大，而这位姐姐和父亲从来不带 Anne 去伦敦游玩，只是在回家时带点小礼物应付。因为父女俩经营不当且不知节俭，才导致本来偌大的产业负债连连，而现在，他们却还是坚持自己的骄奢之气，唯一能砍掉的竟然是给 Anne 那微不足道的礼物。

其实这已经不只是经济上的困境了，无论这位可怜的灰姑娘在物质上怎样捉襟见肘，都完全比不上她在精神上的重重磨难。故事一开始我们便知道她在 14 岁的时候就失去了深爱她的母亲。那曾是一位如此智慧的母亲：“Lady Elliot had been an excellent woman，sensible and amiable.”——明白事理，和蔼可亲。母亲过世后，她所遭遇的家庭冷漠，从姐姐和父亲对她的态度上可见一斑。

第一章的大部分内容，奥斯丁都采用了反讽手法，而此处惊现一句中肯的陈述，可见这位母亲是多么深得人心了。不过还好有母亲的闺蜜 Lady Russell 陪伴着她的成长，只可惜 Lady Russell 也没办法控制这位顽固的 Sir Walter Elliot。其实最最可悲的是，Anne 曾痛苦地被迫离开了她深爱的恋人。而偏偏又是在这时，她已渐渐容颜消逝，芳华不在了：“now that she was faded and thin."

此刻的 Anne 该怎样应对呢？这种境况下，没有母亲的指导与爱护，没有恋人的支持与宽慰，没有亲人的理解与温情，可以说除了 Lady Russell 的友谊，唯一支撑她的就是她的“自我”：那种深入骨髓的纯善与祥和。她也曾极度痛苦，但是值得敬佩的是，这位几乎陷于各种繁难的孤身女子，始终让自己保持在一个中正的位置，永远坚守她的本真，无论晴雨，无论凶吉。

可以说，既然无人可靠，那么她就不去依靠任何人来获得安全感与存在感，而是完全依靠自己内心中那种中正的力量，以便在繁难面前保持祥和。所谓中正的力量，就是遇到不顺时，心跳加快、心情波动起伏时，通过这样一种力量让自己的心归于原位。我们也可以试试看，生气时，难过时，不去发作，不去抱怨，自己独处，通过聆听自己的呼吸，默默告诉自己，让心归于原位。当心归于原位时，你会发现，外面的繁难是外界的，干扰得到你的身，但干扰不到你的心绪。

这就使得她能够积极应对困境，就像原文第二章中提到的：She considered it as an act of indispensable duty to clear away the claims of creditors with all the expedition which the most comprehensive retrenchments could secure，and saw no dignity in anything short of it. She wanted it to be prescribed，and felt as a duty.（她认为，采取全面的节俭措施，以最快的速度偿清一切债务，这是义不容辞的责任，没有这些，绝没有什么尊严可谈。她要求把这一条规定下来，让大家视为一种义务。）同时，更重要的一点是，保持中正的自我能使她在自己的方案不被理睬、面对困境无计可施时，依然能够接纳生活中的困境，接纳这个窘迫的状态。怨天尤人，愤愤不平，这是我们的常态。但 26 岁的 Anne 用比我们多出的那一点点毅力与耐心，依靠“自我”的力量，做到了“外紧内松”：遇到无能为力的困境时，她选择放过自己，还自己一颗平和之心，轻装上阵，迎接挑战。她凭借自己内心的定力，接纳已经发生的事情，能解决就全力以赴；不能解决，既然已经尽力了，那么就让外界的事物顺其自然。其实，事情的自我发展，一定会有云开雾散的时候。这一点，是身处困境中的人都值得拥有的信念。

于是我们便有了这样的感悟：有些事情发生了，无论多么糟糕，都是来考验我们的。我们一定要用最大的耐心相信善意，哪怕是最大劫难背后的善意。这时候，我们的人生才能更积极，我们才能走出低谷，获得我们所期待的幸福。

电影剧照——Anne 与 Wentworth

三、父权与逻各斯中心主义
——快速串联西方思想史

奥斯丁生活的时代，也就是 18 世纪末 19 世纪初，还是明显的父权制社会，而父权制社会的特点在其作品中有着直观的展现。在小说原文第一章里就有这样一段对女主人公母亲的描述：She had humoured，or softened，or concealed his failings，and promoted his real respectability for seventeen years; and though not the very happiest being in the world herself，had found enough in her duties，her friends，and her children，to attach her to life，and make it no matter of indifference to her when she was called on to quit them. 我们可以理解为，这十七年来，但凡丈夫有什么不足的地方，她总是能迁就的就迁就，能屈从的就屈从，能隐瞒的就隐瞒，使丈夫显得越来越体面。

我们可以体会到，如此一位智慧的母亲却要成天围着那位愚蠢的父亲转，而那位父亲无论是多么以自我为中心、多么漠视周围人的感受，母亲总会通过温柔的方式，掩饰丈夫的缺点，一家人生活得井井有条、体体面面。由此可见，父亲始终是家庭的主导，一切花销如何分配，女儿的人生大事如何打算，统统都由他来决定。“Three girls，the two eldest sixteen and fourteen，was an awful legacy for a mother to bequeath，an awful charge rather， to confide to the authority and guidance of a conceited，silly father.” 奥斯丁这样叙述道：把女儿托付给一个自负而愚蠢的父亲来管教与指导，真是一个可怕的包袱。也难怪奥斯丁会添加这么一句来评价这位母亲：Lady Elliot had been an excellent woman，sensible and amiable; whose judgement and conduct，if they might be pardoned the youthful infatuation which made her Lady Elliot，had never required indulgence afterwards.（如果我们说可以原谅她年轻时凭着一时冲动爱上了埃利奥特，那么她以后的观点和行为再无须承蒙别人开恩解脱了。嫁给这样的丈夫她其实是后悔的，但她坚持以自己的努力，弥补婚姻的缺憾，通过彰显丈夫的优点和掩盖丈夫的不足，为家庭营造幸福气氛。）读完这部分，我们不禁为这位优秀的女性不得不顺从丈夫的权威而感到惋惜。

那么这一根深蒂固的父权制思想是从何而来的呢？除了远古时期，东、西方社会都存在的以男性劳力为主的动因，以及封建时代赋予的这种男尊女卑的社会地位，我们或许还可以从西方思想的源头——“逻各斯中心主义”的观念中找到些许痕迹。

在介绍“逻各斯”这一概念之前，我们首先有必要简单介绍一下古希腊哲学的几位重要先哲。在那个时代，人类处于对世界懵懂未知的状态。由于尚未存在完整的哲学认知体系，人们对于世界的认知仅仅停留在感性的物质层面。在这个背景下，早期的古希腊哲学家执着于研究世界的本原到底是什么，他们把世界的本原归于一种自然的形态，比如水、火等自然元素。于是，我们称之为古希腊早期“自然哲学家”，比如毕达哥拉斯、赫拉克利特等。

接着，随着人类思想认知的发展，这些自然哲学家开始寻找更为抽象的概念来描述世界的本原，由此，形而上学开始萌芽。比如，赫拉克利特由火本原理论逐渐延伸到我们本章所讲的“逻各斯”的概念。这个概念最早是由赫拉克利特提出的，它是指我们所说的事物的“意义”。继而在古希腊柏拉图等哲学家的眼里，此乃万事万物的根基、思辨智慧的渊源。而怎样来描绘事物的意义呢？他们认为是通过言语，而非文字。也就是说，在这些哲学家的思维中，最贴近实际意义的口语表达要比容易产生歧义的文字书写更有价值。这继而形成了“言语中心主义”的观念。

由此，在寻找世界本原的过程中，哲学家们试图阐释意义的言语“在场”大于文字“不在场”，继而通过这一观念，西方文明最典型的二元对立思维模式得以确立。除了在场／不在场，还有我们所熟悉的男性／女性，文化／自然，中心／边缘等二元对立结构。在这些结构中，西方传统人文学科往往会抬高第一个对象，贬低第二个对象[①]。于是，男性至上的这种父权主义思想，便在二元对立思维模式的不断催化下应运而生。我们可以从古希腊城邦制度中找到影子。在古希腊时期，妇女不能跟男子一样享有公民权。比如雅典法律规定，只有成年男子才享有公民权，可以参与城邦建设、参与公民大会、陪审法庭、轮值主席等。除此之外，妇女、儿童、外邦人和奴隶均不享有上述权利。由此可见，在古代传统中，女性的地位是与奴隶和外邦人相提并论的。

① 魏天真、梅兰：《女性主义文学批评导论》，华中师范大学出版社 2011 年版，第 82 页。

古希腊城邦政治

而存在于这种二元对立模式下的另一对结构，共相与殊相的对立统一，也值得探讨。共相与殊相（universals and individuals）又称“一般与个别”，前者指事物的共同之处，即共性；后者则指事物的独特之处，即特性。而人脑的认知过程大多是先观察众多殊相，从而总结抽象出共相，最后形成约定俗成的符号，即语言。于是，经由逻各斯中心主义推演而生的重共相、轻殊相的认知模式，如同父权制中重男轻女一般，均可以在古希腊哲学中找到源头。

而我们所谈到的“自我”，可以说属于殊相。而在殊相之上，是否还有一个共相，是否让这个共相统辖我们的思维，这是我们每个个体可以做的功课。事实上，到了 20 世纪后期，新出现的后现代主义思想大潮是质疑“言语中心主义”（phonocentrism）这种思想观念的。后现代主义哲学犀利地指出，自古以来的观念主张“言语与存在的绝对贴近”，通过言语与“在场”（presence）的同一性来质疑带有歧义性文字“不在场”的存在[①]。相反，后现代思想致力于打破这种“逻各斯中心主义”或“言语中心主义”，打破这种二元对立的关系。在遇到具体问题时，可以想一想，我们是否受制于一些传统观念所设置的二元对立思想框架；我们是否可以走出这种思想框架，珍视我们的“自我”感受，爱“自我”，并以这种底气来爱周围的人。

① 冯俊等：《后现代主义哲学演讲录》，商务印书馆 2003 年版，第 300 页。

厘清这样的思想渊源，我们就会更加明白，很多司空见惯的思维状态最初产生的思想端倪。这既帮助我们反思自己，同时也反思我们在无意识情况下所形成的思维定式。

第二章

上一章，我们已经了解了记叙文结构图中的四个要素：Setting，Characters，Conflicts 与 Resolution，并以此分析了小说开篇第一至三章所介绍的故事背景和主要人物。我们从中领略了善良的主人公 Anne 和她那自以为是的父亲 Sir Walter Elliot，还有相对理性客观的教母 Lady Russell，最后是她那自私自利的姐姐 Elizabeth。本章我们将继续以此为线索，着重讨论小说的第四章，从中了解 Anne 那段刻骨铭心的初恋，以及这段描写是怎样为全文的爱情故事做好铺垫的。

昔日恋人

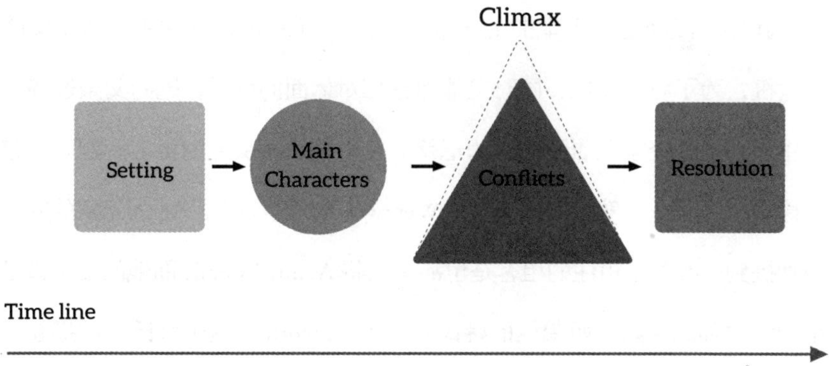
Climax
Setting
Main Characters
Conflicts
Resolution
Time line

记叙文结构图

一、往事怎堪回首

——章节内容解析

我们可以回忆一下本书上一章所讲的情节，Anne 家的庄园即将面临破产危机，为了应对危机，同时又能保证相对体面的生活，她的父亲选择了出租庄园，同时全家迁居巴斯作为退路。在商榷这座豪宅的租客问题时，家人和律师谈到了一个熟悉的姓氏——Wentworth，这勾起了 Anne 无限的回忆。律师提到，准备来租住的租客是位海军上将 Admiral Croft, 而他的妻子曾是本地一位牧师的姐姐，姐弟俩的姓氏就是 Wentworth。这个姓氏一被提起，如烟消逝的岁月就在此刻涌上了 Anne 的心头。她那颗早已枯萎的心好像突然被什么东西触动了，久久不能平复。

往事浮现

其实在小说第三章的最后一句，作者就为后文乃至整部小说的情节发展埋下了伏笔。Anne 轻叹道：A few month more, and he, perhaps, may be walking here.（再过几个月，他可能就在这里散步了。）短短一句话，拨动着读者的心弦，这里的 he 究竟是不是 Anne 心底的那个“他”呢？

这时 Anne 的心理活动可以追溯到小说第三章中全家人与律师的对白：

“Penelope, my dear, can you help me to the name of the gentleman who lived at Monkford: Mrs. Croft's brother？”律师偶然间提到，未来租客海军上校的妻子 Mrs. Croft，她的弟弟曾经住在这里，但无论如何也想不起他的姓氏。此时 Anne 提醒他说：“You mean Mr. Wentworth, I suppose.”经过 Anne 的提醒，律师终于想起了前任牧师的姓氏：“Wentworth was the very name! Mr. Wentworth was the very man. He had the curacy of Monkford, you know.”此刻，Anne 内心波涛汹涌，于是，在小说第四章开头，作者就介绍了 Wentworth 家的另一位成员，也是小说的男主人公 Captain Frederick Wentworth。

奥斯丁对于他的介绍，先是从他的哥哥，也就是前任牧师 Wentworth 先生说起的：He was not Mr. Wentworth, the former curate of Monkford, however suspicious appearances may be, but a Captain Frederick Wentworth, his brother, who being made commander in consequence of the action off St Domingo, and not immediately employed, had come to Somersetshire, in the summer of 1806; and having no parent living, found a home for half a year at Monkford. 这段是说，Anne 心目中的他不是那位牧师，而是他的弟弟。牧师的弟弟 Frederick Wentworth 是一位海军上校，当年因参加圣多明戈附近海战而晋升为海军中校，曾在 1806 年的夏天来过这里。由于父母都已过世，他在哥哥家一住便是半年之久。

一句话之内，出现两处转折，好似同读者的心情一样大起大落。除此之外，句子开头的代词 He，更是耐人寻味。一般来讲，一个人称代词是用来指前文已经出现过的人，但不同于我们熟知的语法规则，此处的句首竟用了一个上文并无任何提示的人称代词 He。可想而知，这样设计是为了呼应小说第三章的最后一句：A few month more, and he, perhaps, may be walking here. 我们应该将这两个 He 联系在一起，从而想到小说第四章开头所问的，以及前文所说到的 He，会不会就是让 Anne 魂牵梦萦的那个“他”呢？

耐心读完整个段落，我们就会发现奥斯丁设置的玄机：这两个 He 并不是我们常见的连接上下文 context 的关系性人称代词，来指代前文提到的名称（前文提到的名称是那位牧师哥哥），而是表示 situational 的场景性人称代词，是读者和 Anne 之间建立的一个心灵联系。这帮助读者的心随着 Anne 的心情一同起伏。事实上，奥斯丁早已经预料到了我们心里会想些什么——“ He was not Mr. Wentworth,...however suspicious appearances may be, but a Captain Frederick Wentworth, his brother...”这里，我们似乎可以听到奥斯丁自己的声音在同读者互动着：“虽然表面上确实可疑，但 Anne 的昔日情人并不是你们心里想的那位——前文被 Anne 父亲奚落的牧师先生。”这里，Appearance 一词，有着“表面上”之意，这真是画龙点睛——奥斯丁猜出了读者的心思：我们都曾误以为那个 Mr. Wentworth 就是 Anne 心中的“他”。

接着我们便恍然大悟——“but a Captain Frederick Wentworth, his brother, who being made commander in consequence of the action off St Domingo.”原来 Anne 的昔日情人是我们刚刚心里所想的那位 Wentworth 先生的弟弟，一位参加了当年圣多明戈海战的海军上校。圣多明戈海战是 1806 年 2 月 6 日欧洲联军对拿破仑战争中的一次海战，英军大获全胜。据记载，奥斯丁的哥哥 Francis Austen 当时也参加了这场战役。

此外，最后两个短句也耐人寻味：“**and having no parent living, found a home for half a year at Monkford**.”首先，这句话表达了父母已经离世，作者用 living 作为后置定语来修饰 parent，这样就远远胜过我们常用的句型 having no living parent 的语言效果。原因在于，“having no parent living”中的 living 是现在分词，它是从一个从句改来的：Have no parent who were living，相对而言包含着动态的意蕴。而“having no living parent”中的 living 是一个动名词，相对而言较为静态，也就是说现在分词的修饰会比直接用一个动名词作形容词更加生动。而用这一动态修饰词的意义在于，说明父母的离世是一个能够在心中留下痛楚的事情，以此我们便可以更深刻地体会到男主人公 Captain Frederick Wentworth 重视家人、珍惜亲情的品质。既然父母都过世了，他就把哥哥家当成了自己的家。后半句中，作者用“found a home”，而非用“stay at”这样简单的用法，足以说明他们兄弟之间相处融洽，由此更可以为男主人公的品行添上浓墨重彩的一笔。

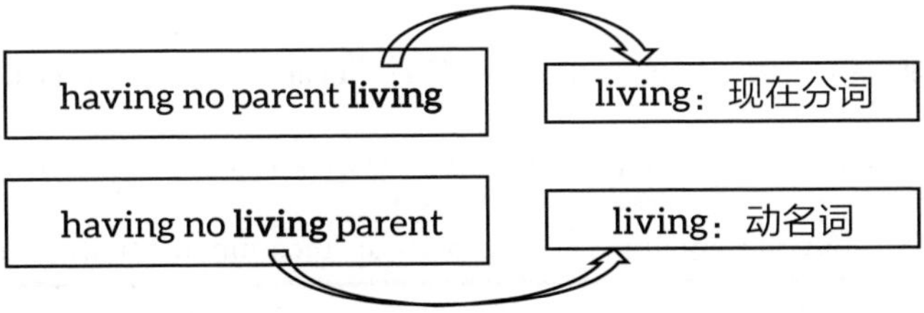

词性比较分析

而他具体是怎样的一个人呢？是怎样的魅力能够让 Anne 在整个青春岁月里都为他魂牵梦萦呢？奥斯丁是这样告诉我们的：He was, at that time, a remarkably fine young man, with a great deal of intelligence, spirit, and brilliancy; and Anne an extremely pretty girl, with gentleness, modesty, taste, and feeling.（他当时可是才华横溢的优秀青年，朝气蓬勃、意气风发、才智过人；而那时的 Anne 也是情窦初开的动人少女，温柔贤惠、品位高雅、情感丰富。）作为并列句 parallel sentences 的上下两句，我们可以注意到在 Anne 后面省略了谓语动词 was。此处除了语法意义上的省略，从整个句子的意义来看，省略是显示出前后句具有密切的语义关系，即语法的密切性展现了语义的密切性。此外，在并列描述这对情侣时，我们可以明显体会到当时男权社会对女性的压迫感——对于男性的描述是：a great deal of intelligence, spirit, and brilliancy，对应到女性这里便成了柔软的形容：gentleness, modesty。但作者为了平衡这种男女的不平等，给小伙子用了三个词语，而给 Anne 多加了一个词“feeling”，这恰恰可以展现 Anne 最重要的性格特点——感悟性。我们由此还可以看出英文表达的特点，把最重要的事情放在最后说，我们称之为“end focus”。

如此一对锦绣之缘，作者由衷地称赞道：“Half the sum of attraction, on either side, might have been enough, for he had nothing to do, and she had hardly anybody to love; but the encounter of such lavish recommendations could not fail.” 我们大致可以理解为，这两个人在一起呢，其实每个人有一半儿的魅力就足够吸引对方了，而当他们身上全部的吸引力都放在彼此面前时，岂能不双双坠入爱河？然而如此美好的爱情，究竟是为什么又彼此错过了呢？

电影剧照——Captain Frederick Wentworth

被迫分手

如同很多传统家庭一样，Anne 的家人对出身平凡的 Captain Wentworth 很不看好，而这一悲剧的结果也就可想而知了。首先看看他们一家人各自的反应。Anne 的父亲，就像在上一章中我们了解的一样，一如既往地自傲刻薄："Sir Walter, on being applied to, without actually withholding his consent, or saying it should never be, gave it all the negative of great astonishment, great coldness, great silence, and a professed resolution of doing nothing for his daughter."这段话是说，他虽然没有明确表示不同意，但是他以异常惊讶、异常冷淡、异常沉默的方式否决，即使是委婉语 doing nothing 的出现，也无法掩盖他那视财如命的本性——好像在说："我一分钱也不会给你。"

接着，我们来看看 Lady Russell 的反应：though with more tempered and pardonable pride, received it as a most unfortunate one.（虽然她的反应没有那么激

烈，但还是认为这对于 Anne 是 unfortunate。）除了不幸的意思之外，我们可以发现这一单词的词根还与财产有关，由此表现了 Lady Russell 较强的阶级观念，她也认为他的财产与阶级无法同 Anne 匹配。后文连续出现的几个动词更是突出了 Lady Russell 内心的不满："Throw herself away at nineteen." 我们可以理解为"才 19 岁就要把自己葬送掉"，"throw"这个动词用得真是生动。而后文又出现了这个词的动名词形式"a throwing away"，从刚刚分析过的 having no parent living 一句中我们可以体会到，此处是一种静态的、定性的概念："这种行为真是一种自我葬送。"再接着，后面的短语 be snatched off（被劫走）更充满对男主人公深深的侮辱。但是 Anne 的想法跟他们不一样，她相信他的才华与自信必定会带给她一个光明美好的未来。可当时年轻的她怎能抵挡得住 Lady Russell 苦口婆心的劝导，最终 Anne 忍痛割爱。可是这痛苦却久久不能平复，这一段的最后一句就告诉我们："Her attachment and regrets had, for a long time, clouded every enjoyment of youth, and an early loss of bloom and spirits had been their lasting effect."（在很长一段时间里，这伤痕如同阴云密布在她的心头，使她再也无法感受年轻而快乐的生命，因此便早早地失去了青春的容颜。）

伤痛依旧

爱情的逝去对 Anne 来说是一次沉重的打击，她的生活也因此发生了翻天覆地的变化。我们可以注意到小说后文连续出现了三处以"No"开头的并列否定句：**No aid had been given in change of place**（except in one visit to Bath soon after the rupture），or in any novelty or enlargement of society. **No**

one had ever come within the Kellynch circle, who could bear a comparison with Frederick Wentworth, as he stood in her memory. **No second attachment**, the only thoroughly natural, happy, and sufficient cure, at her time of life, had been possible to the nice tone of her mind, the fastidiousness of her taste, in the small limits of the society around them. 原来，在这段时间里，Anne 既没有尝试换个地方调整心情，又看不上除他之外的任何人，也就再没有把心交给任何人了。这一切都无疑源于 Anne 生活环境的种种局限。除了环境的局限，她在情感上也没有任何依靠。虽然曾经有一个当地富裕家庭的儿子向她求婚，可她拒绝了。出乎意料的是，在她拒绝之后，Lady Russell 对此事的反应却不同于当年她拒绝 Frederick Wentworth 时的反应：Lady Russell had lamented her refusal. 我们可以看出，当 Anne 芳华不在时，Lady Russell 也有些着急了。在之后的很长时间，Anne 和她之间并未相互沟通，彼此也不知道对于当年之事的态度是否有改变：They knew not each other's opinion, either its constancy or its change, on the one leading point of Anne's conduct, for the subject was never alluded to; 但是我们知道，在 Anne 的世界里，Frederick Wentworth 一直是衡量一切的标杆。并且我们也知道，27 岁的 Anne 已不同于 19 岁时的她。她现在很后悔当初没有坚持他们的爱情，后来事实证明 Lady Russell 的种种猜想都是错的。现在的他，不仅拥有了财产，更是功成名就。

不过，如果我们从故事情节中抽离出来，就会明白当年大家的规劝也有一定的道理。如果 Frederick Wentworth 日后没有成功，他们靠什么来生活呢？其实问题就在于，考虑财产这个因素所占的比重，要适度，而不是像 Lady Russell 那样只评估财产，而忽略人格品质、个人魅力。

就是在这样的情况下，七年之后，当漫漫时光终于把 Anne 心里的伤口几乎治愈之时，Frederick Wentworth 的姐姐居然阴差阳错地成了 Anne 家的租客。他们逝去的爱情会因此出现转机吗？

电影剧照——（从左到右）Elizabeth、Anne 和 Mary

二、失恋的痛苦从哪儿来？
——奥斯丁的“自我”

通过奥斯丁在小说第四章的描述，我们可以体会到，Anne 早年热恋，因受到亲人的极力劝阻和冷漠相对，只得与恋人分手。而七年过去了，她依然非常痛苦。失恋后感到痛苦，是很正常的。人生在世，经历一些痛苦，其实也可以使人生更丰富。但是，这种痛苦不应过于长久。否则这份痛苦会严重影响我们现在甚至未来的生活。那么怎么才能让失恋的痛苦不要延续太久呢？这确实是值得思索与探讨的。

其实失恋时过度悲伤，源于“自我”与外在的失衡。首先，我们在作决定的时候，常常会向我们所信任的智慧人士寻求建议。而我们一定要懂得，这种寻求一定要经过“自我”的过滤。别人的意见再有道理，也是站在绝对不同于我们的视角的。我们要将别人的意见转换角度再思考，才能成为适合我们的意见。而我们在采用他人的意见时，要明白，向外寻求建议是我们的一种主动选择，是让更有见识的人来帮我们，我们要做到兼听则明，要用别人的意见平衡我们可能会有的偏颇。也就是说，别人的意见是我们的意见库，我们要经过审查与筛选，作出最终判断和选择。

电影剧照——Anne

同时，在作出判断选择之后，我们还要以“自我”的力量去承担选择的结果。无论是采取了别人的意见，还是仅仅修正了自己的意见，我们都要知道，所有的选择都会有两种可能的结果：有的选择会带来我们期待的结果，有的选择会带来与我们期待相背离的结果。无论如何，这是我们的决定，不能后悔，也不必后悔。而故事里的 Anne 因为作出决定时年纪太小，只有 17 岁，七年过去了，她成熟了很多，意识到当时的选择还是有不妥之处的。当然，因为她性情纯善，她倒是没有埋怨亲人，也没有更多的自责。她只是觉得，如果能与 Frederick Wentworth 在一起，应该是一个更好的选择。确实：All his sanguine expectations, all his confidence had been justified. His genius and ardour had seemed to foresee and to command his prosperous path. He had, very soon after their engagement ceased, got employ: and all that he had told her would follow, had taken place. 其实在分手后不久，Wentworth 就得到了重用，实现了当年对 Anne 所许诺的一切。他的自信与才华为他铺平了通往成功的道路。

但是，我们反过来想一想，假如 Anne 没有放弃 Wentworth，两个人的关系顺风顺水地发展，那么可能就没有什么事情能够激发 Frederick Wentworth 的斗志，促使他去获得现在这样的成功。而如果他还是一贫如洗，他们能否携手到达他们想要的未来，这也是需要画上问号的。就像诗人 Robert Frost 的诗歌 *The Road Not Taken* 中写到的一样："I took the one less traveled by/ And that has made all the difference."我们的人生只能选择一条路，然而另一条路究竟是什么样子的，我们永远无法知道。明确这一点，我们就要明白，自我的选择，日后无论是何种结局，我们都要做到不后悔。

电影剧照——Anne 的日记

失恋后，先要接纳痛苦，同时要做到"自我"与外在的平衡。外在的因素要内化之后再作决定，作出决定后还要为"自我"的选择负责。而 Anne 的痛苦就源于她没有很好地调整她的"自我"与限制她的外在环境。这一点，上文连续三个以“No”开头的并列句便可以展现清楚。我们的内在是需要通过拓展外在来达到平衡的。如果 Anne 当时是因为受到来自家庭与社会的压迫，她没有更多的渠道去结交新的朋友，见识更广的世界，从而没有条件拓展外在环境，那么作为当今时代的我们还是要学会去拓展外在环境的，要走出去，而不能受制于环境。

三、对世界的初次探索
——快速串联西方思想史

Anne 这场轰轰烈烈的初恋虽以失败告终，但它对 Anne 的整个人生却是一个宝贵的财富，它为她提供了初次探索世界的一个机会，使她从束缚她的家庭中暂时走出来，从而接触社会、接触未知。

其实，这样的探索是我们每一个人成长的必修课，也是整个人类文明发展的重要动因。早在古希腊时代，哲学家纷纷探索宇宙时空，渴望发现永恒的宇宙精神。宇宙的真谛到底是什么？这万千世界的本真究竟为何物？人类的脚步，在探索宇宙真谛的道路上从未停歇。

我们在上一章简单介绍了古希腊的自然哲学家，本章则要提及以下一些对世界的探索：赫拉克勒斯认为火是万物的本原；泰利斯认为水是一切事物的根本；阿那克西米尼则认为万物的本原应为 Air，即空气。再比如毕达哥拉斯学派认为，自然界中蕴藏着的数学模式是探索宇宙的关键，他们发现音乐可归结为数，和谐的音调由弦产生，而弦的尺寸则由简单的数值比率来决定；这些发现甚至被看作一种宗教启示。①

---

① 参见 [美] 理查斯 · 塔纳斯：《西方思想史》，吴象婴等译，上海社会科学院出版社 2021 年版，第 49 页。

接着，古希腊出现了历史上最具影响力的三位哲学家：苏格拉底、柏拉图、亚里士多德。先说苏格拉底。在公元前 399 年，雅典人控告他破坏了社会风俗和宗教信仰，而法庭判处他死刑。他的朋友和学生们都劝他乞求赦免或者从监狱逃走，但他认为不能因为法律判决的错误就漠视法律和雅典城邦的判决，他从容饮下毒酒，并一步步向学生描述毒酒在身体下行的感觉。“苏格拉底之死”使得一向辉煌的古希腊民主城邦制度被后世不断反思与批判。公元前 1 世纪的罗马思想家西塞罗曾这样评价他：“苏格拉底把哲学从天上召唤下来，植入城市和人们的家里。”① 柏拉图的《斐多篇》对苏格拉底在面对死亡时的从容与淡然的描写，成为流传千古的灵魂乐章。

第二位哲学家是柏拉图。当人们都把眼前看到的东西当作真理时，柏拉图却提出，那些可能只是迷惑人的假象。在《理想国》中，柏拉图运用比喻描写到，囚犯们被捆绑在潮湿阴暗的洞穴后壁上，他们永远无法转身看到他们背后高处的火光，而每当有什么东西经过时，他们只能通过那些事物在火光映射下的阴影来幻想与猜测，由此便构成了他们认知错觉中的世界。经典的洞穴比喻深刻地揭示出，人类其实深陷于洞穴，看到的景物永远只是真理的背影。柏拉图的洞穴理论呈现出哲学家对于世界的探索。而哲学的根本任务就是引领人们走出黑暗的洞穴，追溯那道照亮真理的火光。

---

① ［美］理查斯·塔纳斯：《西方思想史》，吴象婴等译，上海社会科学院出版社 2021 年版，第 34 页。

柏拉图雕像

我们再说说亚里士多德。他是柏拉图的学生，“吾爱吾师，吾更爱真理”这一名句就出自柏拉图这个最富创见的学生。亚里士多德从小就对大自然及宇宙的奥秘充满浓厚的兴趣。17 岁时，亚里士多德曾独自一人前往柏拉图学园，师从柏拉图。多年之后，他在政治学、伦理学、修辞学、逻辑学、物理学、天文学等领域均有建树。至今，我们的学科分类还深受他的影响。

柏拉图和他的同学

当我们把自己的遭遇放在一个更大的尺度上，把它们看作人类对宇宙万物进行探索的一个小小的构成粒子时，一切都豁然开朗了。所以，无论是面对事业，还是面对爱情，成也好，败也好，我们要永远保持这种探索精神。探索事业的真谛，探索人性的本真，才是人生真正的趣味。而在这一过程中，“自我”在陪伴着我们一同经历风雨。

柏拉图（左）与亚里士多德（右）

第三章

在上一章的讲述中，我们了解到令 Anne 魂牵梦萦了七年之久的昔日恋人 Captain Wentworth 是怎样一位青年，他们之间的恋情又是怎样的。那是一段刻骨铭心的初恋，然而却因 Lady Russell 的一番劝导，Anne 忍痛提出了分手。其实 Anne 心里也是为 Captain Wentworth 着想，觉得父亲对他的态度会令他们的爱情寸步难行，最终会耽误 Captain Wentworth。而 Captain Wentworth 却一心认为 Anne 是因为嫌弃自己的出身才提出的分手，所以痛苦万分，不久便愤然离开了。可谁曾想到，七年之后，他的姐姐、姐夫即将成为 Anne 家庄园的租客。这样一来，Anne 难免会有与 Captain Wentworth 见面的可能。一种莫名的紧张在 Anne 的心头升起。在小说原文第五章和第六章的故事里，Sir Walter 即将带着 Elizabeth 启程前往巴斯，而 Anne 为了照顾生病的妹妹 Mary，暂时来到自家庄园的隔壁村 Mary 婆家小住。本章我们就来看看这里发生的故事。

权宜暂住

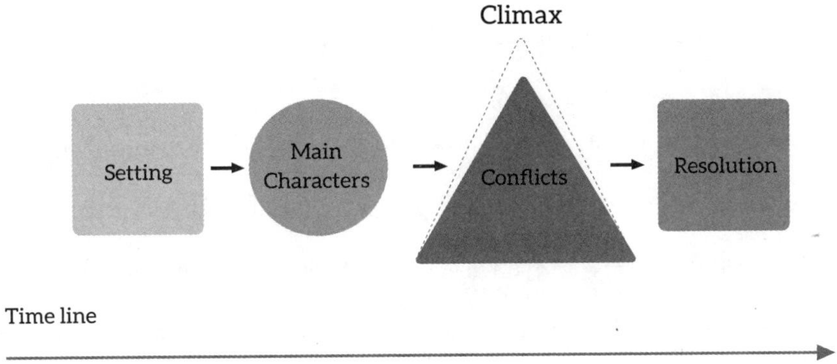
Climax
Setting
Main Characters
Conflicts
Resolution
Time line

记叙文结构图

一、融入另一类家庭
——章节内容解析

租客到来

海军上将 Admiral 一家如期前来看房，为了避免尴尬，Anne 提前躲到了 Lady Russell 家。这次会面双方都十分满意，于是很快就达成了协议。不仅如此，一向自以为是、瞧不起任何人的 Sir Walter 居然对 Admiral 评价颇高：Sir Walter, without hesitation, declared the Admiral to be the best-looking sailor he had ever met with, and went so far as to say, that if his own man might have had the arranging of his hair, he should not be ashamed of being seen with him any where. 我们可以大致理解为：Sir Walter 毫不犹豫地宣布，Admiral 是他见过的最英俊的水手。而且他竟然把赞美之词说到这个地步：假如他自己的用人帮 Admiral 修理一下头发的话，那么（以 Admiral 的外貌）自己无论跟他走到哪里都不会感到羞耻了。

我们先来分析一下奥斯丁是如何通过精彩的语言来挖苦这位自鸣得意的 Sir Walter 的。首先，通常情况下，declare（宣称）作动词所陈述的事情一般是较为正式严肃的大事，然而 Sir Walter“宣称”的却是：“这个上将在水手里还算长得好的。”这里我们可以有两种解释：第一，Sir Walter 可能并不太懂这个词的用法；或者是，“这个上将在水手里还算长得好的”这件事情，在他眼里已经是一件天大的事了。无论哪种解释，Sir Walter 这一愚蠢自傲、无知浅薄、视野局限的形象都被生动地刻画了出来。

接着，奥斯丁又添了一笔，夸张地展现他的高傲无知：and went so far as to say（他竟然把话说到这种地步），我们还以为他会隆重宣布什么大事呢，结果却依然是家长里短的小事：that if his own man might have had the arranging of his hair, he should not be ashamed of being seen with him any where.（假如他自己的用人帮 Admiral 修理一下头发的话，那么无论自己跟他走到哪里都不会感到羞耻了。）他还不忘夸一番自己用人的剪发技术。

接下来，与 Sir Walter 的愚蠢产生鲜明对比的就是 Admiral 的言谈举止了：and the Admiral, with sympathetic cordiality, observed to his wife as they drove back through the park, I thought we should soon come to a deal, my dear, in spite of what they told us at Taunton. The Baronet will never set the Thames on fire, but there seems to be no harm in him. 我们可以这样理解，在回去的路上他以真挚的口吻对妻子说：亲爱的，咱们很快就会达成协议的，尽管我们在汤顿听到些风言风语。虽然 Sir Walter 不会有什么太大的作为，但是似乎人也不坏——我们可以看到 Admiral 的谈话比起 Sir Walter 的谈话，并非只局限于人的相貌这种蝇头小事，而是更有实质性内容，更加冷静客观，且眼界更为开阔，这样说服力也更强。

这段是典型的人物对比描写，奥斯丁用细腻的笔触将 Sir Walter 与 Admiral 的性情描写得极致生动，从而突出了两个人物不同的背景经历，一个是乡绅贵族，出身显贵却碌碌无为、自以为是；另一个出身平凡，却用自己的双手创造出了一番天地，功成名就并且谦虚友好。

因为租客的到来，Anne 一家便要做好去巴斯的准备了。不料，此时 Anne 有了一个新任务：她的妹妹 Mary 来信说自己生病了，希望她留下来陪自己。我们在上一章讲到，在 Anne 与 Captain Wentworth 分手后不久，一个富贵人家的儿子向 Anne 求婚，结果被 Anne 拒绝了。之后，他又娶了 Anne 的妹妹，也就是 Mary。同时，姐姐 Elizabeth 说 Anne 不需要现在就去巴斯，因为她认为 Anne 是多余的，根本帮不上什么忙，于是 Anne 便决定留下来照顾妹妹。

还有一个插曲值得一提，在 Anne 的姐姐和父亲即将启程去巴斯之前，Anne 意识到他们家那位律师的女儿 Mrs. Clay 经常跟父亲缠在一起，这俨然是一个隐患。于是智慧的 Anne 就稍稍提醒了一下姐姐，说父亲与 Mrs. Clay 的亲密关系可能会引来麻烦，谁知却招来姐姐的强烈反感，她认为 Anne 大惊小怪，因为她笃定父亲不可能看上这个一脸雀斑的离婚女人。即使自己的好心被残忍地鄙夷，Anne 也没有因此生气，她认为做好自己该做的事就足够了。

近亲比邻

就这样，Sir Walter 带着大女儿 Elizabeth 启程前往巴斯，Anne 也在妹妹 Mary 家 Uppercross Cottage 住了下来。这是一个很别致的村子，充溢着英式风情。Mary 家的小屋不远处是婆婆公公的豪华庄园，那里古树参天，气派奢华。而 Mary 家也有法式窗户以及其他精美的陈设。Anne 对这里十分熟悉：Here Anne had often been staying. She knew the ways of Uppercross as well as those of Kellynch. The two families were so continually meeting, so much in the habit of running in and out of each other's house at all hours. 我们知道 Anne 以前在这里住过，所以她像熟悉自己家里的路一样熟悉这里的路。值得注意的是，这里的 two families 并非指 Anne 家和 Mary 家，而是指 Mary 家和 Mary 的婆家 the Great House。这两家人经常互相拜访，所以当她发现今天只有 Mary 一个人在家时，感到非常吃惊。

为了更好地解释两家的关系，我们可以看一下位置示意图：

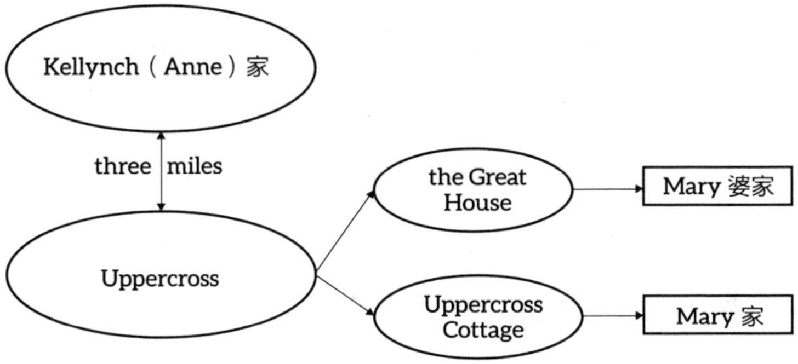

位置示意图

不仅如此，这两家的风格也十分迥异。Mary 的婆家 Musgrove 夫妇住在 the Great House 里，他们一家子女众多，除了 Mary 的丈夫 Charles 之外还有两个成年的女孩子：Henrietta 和 Louisa。她们追求时尚、追赶潮流，在家里摆满了大钢琴、竖琴、花架和小桌子，使得整个客厅呈现出一片混乱的景象。

值得开心的是，Anne 来这里之后总是受到热情的接待。而且 Anne 刚到这天 Mary 的两位小姑 Henrietta 和 Louisa 就来邀请她们一起散步。在散步的过程中，她渐渐对这里和自己家的差别有了深刻的感受：Anne had not wanted this visit to Uppercross, to learn that a removal from one set of people to another, though at a distance of only three miles, will often include a total change of conversation, opinion, and idea. **She had never been staying there before, without being struck by it, or without wishing that other Elliots could have her advantage in seeing how unknown, or unconsidered there, were the affairs which at Kellynch Hall were treated as of such general publicity and pervading interest; yet, with all this experience, she believed she must now submit to feel that another lesson, in the art of knowing our own nothingness beyond our own circle, was become necessary for her.**

我们大致可以理解为：其实她没来时就知道，相隔仅仅三英里的距离，她家和这里在言谈举止、思想观念上竟是大相径庭的。她每次来这里都会有这样的感受。她多希望自己的爸爸和姐姐可以来这里看看，看看他们每天关注的事情，吵得沸沸扬扬的问题，在这里是多么不值一提。而且她自己也意识到，要对自己的无足轻重有自知之明，而不能像父亲和姐姐一样，只觉得自己的方式是正确的，自己的地位是重要的。

这里我们要着重欣赏第二句话：She had never been staying there before, without being struck by it.

双重否定句分析

主语	谓语（含否定词 never）	状语	伴随状语 （含否定词 without）
She	had never been staying	there before	without being struck by it

除了双重否定词 never...without 连用这一句式特点外，短语 being struck by 也是特别生动。不同于我们常见的 realize（意识到）这样的表达，这一短语更体现出被击中、被触动的情境效果，表明她对后面宾语所提到的内容，总是有一种强烈的感觉。

同时她也希望父亲知道，自己家觉得天大的事情在这里其实是无人问津的：that other Elliots could have her advantage in seeing how unknown, or unconsidered there, were the affairs which at Kellynch Hall were treated as of such general publicity and pervading interest. 其中，general popularity 指的是他们一家觉得全世界人都知道的事情，比如前面我们提到的她的父亲大张旗鼓宣传自己家的理发师：that if his own man might have had the arranging of his hair, he should not be ashamed of being seen with him any where.（假如他自己的用人帮 Admiral 修理一下头发的话，那么无论自己跟他走到哪里都不会感到羞耻了。）这种宣传在这里是无人关心的。因为这里大家关心的不是面子问题，而是生活中的情感交流。

然而 Anne 却和自己家人不一样：yet, with all this experience, she believed she must now submit to feel that another lesson, in the art of knowing our own nothingness beyond our own circle, was become necessary for her. 她深刻意识到，“走出自己的小圈子，知道我们自己不算什么”，明白这一点是多么重

要。“knowing our own nothingness” 也是我们第二部分要讨论的话题。

短暂拜访

住进 Uppercross Cottage 之后，Anne 与 Mary 一家相处得十分融洽。虽然这对夫妇经常会因为孩子的教育问题或者家庭关系等琐事吵架，但是每当这个时候 Anne 总是会耐心地倾听，甚至帮忙打圆场。Anne 在这里的生活应该是愉快的，而且大宅子里偶尔还会举办小型舞会。在舞会上，Anne 钢琴弹得十分出色，受到一家人的赞美，但是她却从不和大家跳舞，只是担任伴奏的角色。

就这样，三个星期过去了。三周后的一天，Anne 家的租客 Crofts 上将夫妇来到 Mary 家拜访。两位客人举止得体，风趣幽默，所以聊天的氛围十分轻松愉悦。She was quite easy on that head, and consequently full of strength and courage, till for a moment **electrified by** Mrs. Croft's suddenly saying. 不料，Mrs. Crofts 突然说道：It was you, and not your sister, I find, that my brother had the pleasure of being acquainted with, when he was in this country.（我刚想明白，原来我弟弟在这里住的时候结识的是你，而不是你姐姐。）猛然间，Anne 被吓得一激灵，好似触电一般，“electrified”一词用得非常生动。

可想而知，Anne 此刻是多么紧张，她害怕自己与 Frederick Wentworth 的恋情会被曝光。她多么希望她已经过了脸红的年纪了：**Anne hoped she had outlived the age of blushing; but the age of emotion she certainly had not**. 此处一个极其优雅的并列句，细腻地刻画出 Anne 无法控制、无法掩饰

自己的情绪，从而变得面红羞怯的神情。由此可见，尽管七年多过去了，Frederick Wentworth 这个名字依然能让她脸红心跳。

紧接着 Mrs. Croft 说道：Perhaps you may not have heard that he is married？（你也许没听说他结婚了吧？）She could now answer as she ought; and was happy to feel, when Mrs. Croft' s next words explained it to be Mr. Wentworth of whom she spoke, that she had said nothing which might not do for either brother. She immediately felt how reasonable it was, that Mrs. Croft should be thinking and speaking of Edward, and not of Frederick that she had said nothing which might not do for either brother. 这一句可以大致理解为，Mrs. Croft 说的弟弟指的是前任牧师 Mr. Wentworth，她心里想的也是，而不是 Anne 的昔日情人 Frederick Wentworth。Anne 很高兴地意识到，自己说出的话对 Mrs. Croft 的两个弟弟都适用，而没有暴露出自己担心已经结婚的是弟弟 Frederick。

接下来的谈话里没有发生什么波澜，然而正当客人要起身告辞时，Anne 听到上将说到 Mrs. Croft 的另一个弟弟——她的初恋情人 Frederick——就要来 Crofts 家做客了。

这时，听到 Frederick Wentworth 的名字，Musgrove 夫妇略显难过，因为他们有一个儿子曾经在 Frederick Wentworth 手下当过水手，Frederick Wentworth 十分照顾他。Musgrove 夫妇十分怀念已逝世的儿子，并且非常感恩 Frederick Wentworth 当年对儿子的照顾。

没错，Frederick Wentworth 就要来了，而 Anne 会不会与他见面呢？久别重逢后，他们会发生怎样的故事呢？

二、理解我们周遭的不同
——奥斯丁的“自我”

这一章我们可以看到，Anne 与 Wentworth 分手之后便失去了亲密的恋人，又没有同龄的友伴，即便 Lady Russell 偶尔可以与她一同分享喜乐，但她们之间在思想上还是会产生分歧，所以 Anne 就陷入了非常大的困境。孤独与寂寞时刻萦绕着她。然而她并没有因此陷入绝望，因为她会给予爱，会关心他人，会理解周遭的一切不同——这就是她的生存之道。

Anne 在家中受到无比的冷漠，但是她也依然全心全意地为家人着想，不求回报。尽管她的世界观与父亲和姐姐有着很大的差别，但她还是尽自己所能去理解与尊重大家，无论遭受多少不公，她都不会挑起矛盾、反目成仇。即便当父亲和姐姐决定“抛下”她，先行去巴斯的时候，失落中的她也能很快调整自己的状态，甚至还担心父亲与 Mrs. Clay 会存在私情，便主动给姐姐提出建议，不要让父亲被 Mrs. Clay 勾引成功；在妹妹和妹夫都想抛下受伤的孩子去参加聚会时，她也主动提出来照顾孩子。她每时每刻都在理解别人，温暖他人。

电影剧照 ——生病的 Mary

电影剧照 ——Anne 在照顾 Mary

要学会理解他人，我们首先要明白，我们没有那么重要，就像 Anne 所说的“knowing our own nothingness”，这样我们的思维就会从自己的小圈子里走出来，就可以拥有更加包容的心态。就像 Anne 一样，先去理解家庭内部的不同，理解父亲与姐姐；再学会观察家庭与外部世界的不同，不断学习，不断调整自我认知，不断融入一个多样化的世界。

而走出自己的壁垒后，真正收获得最多的，是我们自己。去理解别人的繁难，我们便会将一份爱意充盈到自己内心。而当我们学会理解别人的时候，当我们把这种温暖给予别人的时候，这些理解和体谅会支撑我们寂寥的生活，其实，我们就在不经意间把理解与温暖给到了自己。

在周遭中找寻自己，通过给予周遭来滋养“自我”。

三、基督教的兴起

——快速串联西方思想史

在这一章的故事中，我们了解到 Anne 家与她妹妹家的巨大差别。尽管仅仅隔着三英里的距离，这两家人的世界观却有着天壤之别： Anne had not wanted this visit to Uppercross, to learn that a removal from one set of people to another, though at a distance of only three miles, will often include a total change of conversation, opinion, and idea. 他们两家在言谈举止、思想观念上都是大相径庭的。一个自以为是，一个谦虚包容；一个斤斤计较、爱慕虚荣，而另一个家庭则温暖和睦、互相体恤。

其实小到两个家庭，大到不同族群，对世界与生命的理解都会有所不同。如果双方不去互相理解这些不同，就会产生很多矛盾，甚至会引发战争。但是也正是因为有这些差异的存在，才构成了我们这个多姿多彩的世界。我们要像 Anne 一样，以一颗包容之心，冷静观察这样一个充满差异的世界。

本节我们将会介绍众多世界观中非常重要的一个脉络，即产生于希腊化的罗马时代、至今仍有影响力的基督教文明。

基督教起源于巴勒斯坦地区。大约在公元 3 年的时候，罗马人征服了巴勒斯坦地区，罗马人的残酷压迫使得当地的犹太人痛苦不堪。战争的失败让人们感到无能为力的绝望与悲痛，所以他们就把希望寄托于一种宗教世界的灵魂救赎。于是，基督教在这样的历史背景下应运而生。

大约公元 1 世纪，犹太人中有一位年轻的宗教领袖耶稣开始在罗马帝国边界地区讲道。随后，罗马公民保罗为稳固正统犹太教的地位，防止与自己宗教不同的基督教"异教"的传播，动身前往大马士革抵制他心目中的"异教徒"。然而就在半途中，他亲眼看到了基督升天的异象，随之皈依耶稣所领导的基督教。之后，在保罗的带领下，最初小规模的宗教运动迅速蔓延到其他地区——小亚细亚、埃及、希腊，最后逐渐发展成为一个世界性的组织。

然而，由于基督教的世界观与罗马政府的世界观不同，罗马政府在后续很长的一段时间内都对其采取残酷的压制政策，致使基督教徒饱受迫害。直到公元 4 世纪初，罗马的一位新皇帝君士坦丁皈依了基督教，基督教才最终成为罗马帝国的国教。

公元 395 年，随着罗马帝国的分裂，基督教内部也逐渐分化为东西两派：东方的东正教以及西方的天主教。在教义方面，东西两派存在巨大分歧。最为突出的是：东方教会认为圣灵仅仅来自圣父，而西方教会则认为圣灵来自圣父和圣子。[①] 围绕这个不同观念，东西方教会也展开了长达几个世纪的争执。

---

① 参见乐峰：《东正教史》，第 15 页。

可以说，与古希腊文明相比，基督教文化更加注重人的灵魂与信仰。总体来说，希腊哲学的精神是一种悲剧精神，它的主题是命运、必然性和规律。不过，在命运面前，希腊人不是消极的，他们对现实生活保持着乐观向上的态度，形成了崇尚知识的理性主义和人文精神。基督教哲学则不同，在灾难与战争中，人们倾向于逃避现世生活，把现世生活看作走向天国的一段旅程，试图通过信仰上帝来使灵魂得到永生。

面对两种哲学对世界的不同态度，作为生存于万千世界的我们，既要抱有“自我”的观念，又要洞悉各种各样的不同，这样才能在千姿百态的世界观与信仰面前真正固守本真。

第四章

在上一章中我们获悉，海军上将提到 Captain Wentworth 即将到来。没过几天，Captain Wentworth 便真的来到了 Anne 家原来的大宅，与他的姐姐、姐夫同住。前文中我们也了解到 Captain Wentworth 对 Musgrove 一家有恩，因为当年 Captain Wentworth 在海上十分照顾他们的儿子。所以他一来，Mr. Musgrove 就立即前去拜访。在本章的故事里，我们将讲述小说原文中第七章发生的故事，来看看 Anne 与 Captain Wentworth 在相隔七年之后，再次相逢的场景。

久别重逢

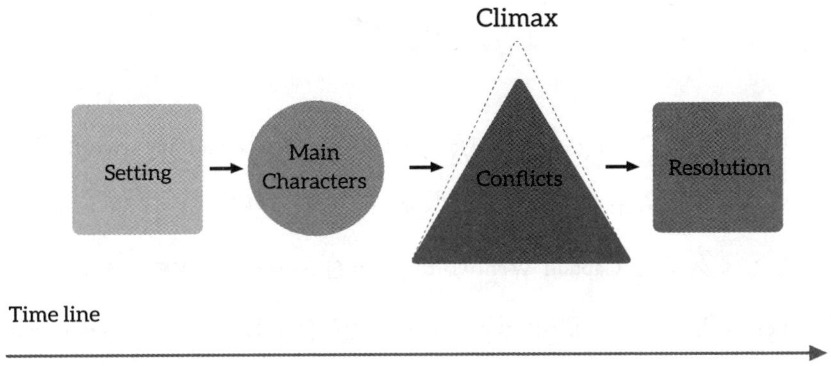
Climax
Setting
Main
Characters
Conflicts
Resolution
Time line

记叙文结构图

一、如今已为陌路人

——章节内容解析

亲戚评价

不出所料，Musgrove 夫妇拜访回来后，对 Captain Wentworth 赞不绝口：come back warm in his praise，同时他们满心期待着他可以早日来自己家做客。不久，在 Captain Wentworth 回访过 Musgrove 一家之后，Henrietta 和 Louisa 姐妹俩也跑到哥哥嫂嫂家来表达对他的顶礼膜拜——endeavour to express how perfectly delighted they were with him, **how much handsomer how infinitely more agreeable they thought him than any individual among their male acquaintance, who had been at all a favourite before**. 这段话我们大致可以理解为，两姐妹等父母走了之后又多留了五分钟，竭力表达她们有多么喜欢 Captain Wentworth，夸奖他有多么英俊，而且她们之前最喜爱的男朋友中没有一个能与他相比。

我们先来看加粗字体的这句话，虽然它用的是比较级，但是却传达出了胜似最高级的语言效果。我们可以注意到姐妹二人比较的对象是 **any**

individual among their male acquaintance, who had been at all a favourite before——是任何一个她们以前最喜欢的人。任何一个，也就意味着所有。这里，我们可以领略到奥斯丁的语言风格，表面上看似温和的表达却蕴含着极大的表现张力。由此可见，两姐妹对 Captain Wentworth 是爱慕万分。这也为后面的情节发展做好了铺垫。

值得一提的是，在 Captain Wentworth 来到 the Great House 拜访时，Anne 险些与他见面，而他们错过的原因是这中间发生了一个小插曲：Mary 和 Charles 的一个儿子不小心摔伤了，导致骨头错位，于是 Anne 赶忙联系医生，照顾孩子，同时还要安抚 Mary。这样一来，她便侥幸"逃过"了这次见面的机会。

Henrietta 和 Louisa 姐妹俩在大力称赞一番过后，还提到与 Captain Wentworth 约定了第二天要共进晚餐，这可让 Charles 激动万分。到了第二天，他甚至想要丢下自己受伤的儿子，去见 Captain Wentworth，还找借口说因为自己也帮不上什么忙，留下 Mary 和 Anne 来照顾受伤的儿子就足够了。这下 Mary 可不干了，她不仅开始抱怨丈夫有多么不体恤——Very unfeeling，而且居然也萌生了抛下儿子去赴宴的想法：Yes, you see his papa can, and why should not I？（他能去，凭什么我就不能？）

善良的 Anne 一看到这般情形，连忙说让 Mary 也去参加晚宴，她可以留下来照顾 Mary 的孩子。然而，极具戏剧性的是 Mary 的反应，仿佛那不是她的亲生孩子一般，看她听到 Anne 的建议后欣喜若狂的样子："Are you serious？" cried Mary, her eyes brightening. "Dear me! that's a very good thought, very good, indeed."（她瞬间眼睛一亮，说道："你是认真的吗？！

这真是个好主意！简直好极了！”）而且她找的理由和她丈夫的简直如出一辙：To be sure, I may just as well go as not, for I am of no use at home—am I ? and it only harasses me. 这句话我们可以理解为，她觉得自己确实帮不上什么忙，而且这孩子还会让她心烦意乱。

电影剧照——Anne

尽管 Charles 表面上觉得这样做有点不好意思，但是很快就被 Anne 说服，与妻子一起欣然赴宴了。Anne 便独自留下来照顾受伤的孩子。晚上，当他们回来的时候，也是向 Anne 表达了对 Captain Wentworth 极高的赞美：Her brother and sister came back delighted with their new acquaintance, and their visit in general. 这里“new acquaintance ”代指 Captain Wentworth。通过这句话我们可以学习到，为了避免重复，同时也为增加语言的丰富性，除了代词，英文中也经常使用这种变换的名词来指代同一个人。

短暂会面

第二天一早，Captain Wentworth 按照约定与 Charles 一同外出打猎。听说 Charles 的儿子受伤了，礼数周到的 Captain Wentworth 便坚持要来家里拜访女主人。Mary 很是欣喜，可是 Anne 却思绪万千：Mary, very much gratified by this attention, was delighted to receive him, **while a thousand feelings rushed on Anne,** of which this was the most consoling, that it would soon be over. 这一处鲜明的对比，渲染出 Anne 此时百感交集的心情。Anne 心里想，值得庆幸的是这次见面很快就会过去的。

这一处的语言表达也值得我们学习，不同于我们常常表示某人感受如何时所用的句型：Somebody feels..., 此处奥斯丁巧妙地改成以 feelings 作主语：**a thousand feelings rushed on Anne**，使语言生动了许多。

句型结构分析

	主语	谓语	表语 / 宾语
普通句型	Anne	feels	nervous/stressful, etc.
奥斯丁用法	**a thousand feelings**	**rushed on**	**Anne**

的确，这场重逢很快就结束了，不过这对于 Anne 来说仿佛过了一个世纪。文中是这样描绘当时的场景的：And it was soon over. In two minutes after Charles's preparation, the others appeared; they were in the drawing-room. Her eye half met Captain Wentworth's, a bow, a curtsey passed; she heard his voice; he talked to Mary. 我们可以理解为：在短短两分钟后，他们便碰面了，他们的目

光轻轻瞥到了对方，接着他向 Anne 鞠了一躬，Anne 也向他回了屈膝礼。然后，Anne 听到了他的声音，那是他正在和 Mary 说话。

奥斯丁并没有很隆重地刻画这一久别重逢后的场面，而是只用了几个精巧的动词。首先“half met”一词，可以把它译为：轻轻瞥到。由此双方心里的忐忑，不敢正视对方的情绪，便都被刻画得淋漓尽致。接着，奥斯丁没有用惯常的 show respect to somebody 的表达方式来描写相互的礼节，而是用了两个动作：a bow, a curtsey passed——动作太轻了，就索性直接用名词来表示，这传达出一种效果，即他们的动作似乎完全是下意识的行为。我们可以揣摩，想必那场热恋对他们两个人来说都是刻骨铭心的，想必双方都会无数次幻想再次相遇时的场景，但无论多少次在心里默默彩排，都无法预测这一刻真正来临时他们内心波涛汹涌、灵魂出窍的感觉。紧接着：she heard his voice; he talked to Mary，这里，奥斯丁并非直接说 Captain Wentworth 说了什么，而是强调她只听见了他的声音，再联系到后文中所描述的 the room seemed full, full of persons and voices, 生动地展现了这样的场景：她在此刻似乎有些恍惚了，头晕目眩。她听不清是谁在说话，说了什么，只能感受到周围的交谈声。

半晌过后，“It is over! it is over!” she repeated to herself again and again, in nervous gratitude. “The worst is over!” 终于结束了，一切都结束了；但是对于 Anne 来说，轻松中似乎夹杂着些许悲凉。

电影剧照——Anne 与 Wentworth

爱意全无

将近八年的时间已经过去了，Anne 以为曾经的一切早已烟消云散了，却万万没有想到，再次见到他的时候，自己还是会如此紧张。她对自己的愚蠢感到万分懊恼，却又无能为力，完全无法控制自己的情绪。不过她反复安慰着自己，八年的时间对于一段刻骨铭心的感情来说不算什么。然而，正当她心神不宁的时候，Mary 却无意间雪上加霜地说出一句：Captain Wentworth is not very gallant by you, Anne, though he was so attentive to me.（Captain Wentworth 对我都挺周到的，但是对你可真是不太有风度啊！）接着，她又补刀来了一句：Henrietta asked him what he thought of you, when they went away, and he said, "You were so altered he should not have known you again".（Henrietta 问了他对你的看法，他说你都变得快让他认不出来了。）听到这里，Anne 彻底绝望了，她喃喃自语地重复道："Altered beyond his knowledge."

我们可以再次看到 Anne 简洁而优雅的英文，和 Mary 形成了鲜明对比。用介词 beyond 加名词的短语形式，远远胜过冗长的从句，语言简明而优雅，如同她的性格一样。

Anne 与 Mary 的语言对比

Mary	主语	谓语	表语	结果状语
	You	were	so altered （省略了 that）	he should not have known you again
Anne	主语	谓语	表语	表语补足语
	I	was	altered	beyond his knowledge

但是理性的她马上又开始思考，实际上这句贬低之语能让自己清醒：Yet she soon began to rejoice that she had heard them. They were of sobering tendency; they allayed agitation; they composed, and consequently must make her happier. 我们可以理解为：因此，她渐渐开心了起来，因为这句话虽然让她感到些许失落，但同时也令她冷静了下来。

在他们后来的聚会中还有一个小插曲，Captain Wentworth 对姐姐说，他自己对未来的另一半其实要求并不高：Yes, here I am, Sophia, quite ready to make a foolish match. Anybody between fifteen and thirty may have me for asking. A little beauty, and a few smiles, and a few compliments to the navy.（任何一个年龄在 15 岁到 30 岁之间的女孩都行，只要是有一些姿色，有一点笑容，对做海军的能说几句恭维的话。）然而，后文我们可以看到他在内心深处的想法：Anne Elliot was not out of his thoughts, when he more seriously described the woman he should wish to meet with. "A strong mind, with sweetness of manner" made the first and the last of the description. 其实，在他的内心深处，Anne 这样的品格——A strong mind, with sweetness of manner——意志坚定、举止温柔是他衡量交往对象的重要标准。这里我们就可以看出来， Captain Wentworth 也无法忘记他与 Anne 那段轰轰烈烈的恋情。

电影剧照——Anne

二、回归自己内心的原点
——奥斯丁的“自我”

在本章的故事里，Anne 与她魂牵梦萦的初恋情人 Captain Wentworth 终于重逢了。那种欣喜、激动、痛苦、失落交织在一起的感觉也牵动着读者的心。我们会好奇，究竟是怎样强大的心力支撑她面对这一艰难时刻？究竟是怎样超人的定力帮助她始终保持冷静、沉着——这也许是 Anne 特有的本领：她总能回归自己内心的原点，这也是我们本节讨论的主题。

其实，生活中我们所有的痛苦并非源于外在，而是面对外在的事情我们内心的感受。也就是说，所有的痛苦都源于内心，是自我生成的痛苦。只有当我们意识到自己的痛苦源于自己的内心，跟外在并无太大关联时，我们才可以像 Anne 那样，通过不断的自我调节，回归到自己内心的原点，保持“自我”、保持冷静、保持平和。

比如，当她听到 Mary 说 Captain Wentworth 觉得自己变得都快让人认不出来了的时候，虽然 Captain Wentworth 所说的话令她感到十分痛苦，但是她能迅速地认识到这句话的警醒作用：这句话促使她恢复理性，不再对虚幻的未来抱有幻想，不再寄希望于外在去寻找内心的快乐与安宁。

电影剧照 ——Anne

同样，当我们遇到快乐的时候，也应该知道这份快乐也并不是因为外在的事物，而是它们在我们内心的投射。所以开心过后，一定还要回到自己内心的原点，让自己平静下来，真正做到不以物喜，不以己悲。追寻内心真实的自我，任由外界各种好事坏事的发生。虽然这很难，但这是我们不让外界事物控制我们心境的重要一环。

三、古典主义的复兴
——快速串联西方思想史

我们敬佩 Anne 的坚持，也相信终有一天她会度过这种极度痛苦的阶段，同理，我们也要相信自己的生活。我们要相信，无论暂时有多么痛苦，我们终能让心情快乐起来；而无论我们有多么快乐，总有一天也会遇到让我们心焦的事情。所以，一切事情都是循环的。最难熬的是情绪的波动，而在情绪波动的时候，我们一定要保持一个信念：万物是发展变化的，所以我们要回到本真的“自我”那里，让心归于平静。

在本节的哲学思想史介绍中，我们将从 Anne 欣喜与失落情绪的交替波动与循环中，延伸到一个更大的思维尺度——整个人类的思想循环。人类整体的思想史就如同人类个体的心情思绪一样，也是起伏变化的，其实万物都在不断变化之中。

在之前的章节里，我们了解了基督教的兴起与发展。总体来说，基督教的发展主要分为两个阶段：教父哲学与经院哲学。约在公元 1 世纪末，随着基督教的传播，出现了一批怀有深厚的希腊文化素养并且信仰基督的人，他们把两种思想相结合为基督教的神学教义，增加理论论述，使得基督教第一次有了相对统一和完整的教义，因而他们被尊称为“教父”“哲学教父”，其代表人物是奥古斯丁。奥古斯丁曾提出这样的观点：上帝从虚无当中完全凭借自己的语言创造了世界，万事万物都是上帝“言说”的结果，这就是“道成肉身”。这里的道就是上帝的语言，也就是我们第一章讲到的逻各斯。除了这一“创世论”之外，他的关于“原罪与救赎”的理论也成为后世研究基督教哲学的经典。

与“教父哲学”不同，“经院哲学”则更加强调理性，其代表人物是阿奎那（1225—1274）。他创造性地提出了神学与哲学的区别。他认为，两者的区别不在于研究对象，而在于研究方式：哲学通过理性认识上帝、救赎与创世，而神学通过启示来认识这些观念。哲学的任务就是用理性去证明一些能够被证明的真理，比如上帝的存在；而把不能被证明的留给神学，比如三位一体、道成肉身等。

在罗马，自从基督教成为国教后，人们的思想得以统一，这巩固了罗马帝国的统治地位，然而却形成了思想封闭的局面。而这种封闭的局面造成了欧洲黑暗而漫长的中世纪——大约始于公元 476 年西罗马帝国灭亡，一直延续到公元 1453 年东罗马帝国灭亡。这一时期，罗马教会的统治日愈腐败，这也为后面的宗教改革埋下伏笔，我们在第六章会进行介绍。

就是在这样黑暗的时期，哲学家比特拉克逐渐意识到，古代希腊罗马文明宝贵的思想财富是值得重新加以重视和学习的。而“中世纪黑暗时代”这个词也正是由比特拉克发明的。他开始重拾古代经典作品，从维吉尔、荷马、柏拉图等人的著作中汲取营养。就这样，比特拉克开始对欧洲文化进行重塑。在他的鼓舞下，大批学者开始搜寻遗失的古代原稿，对之进行再次翻译校对。这一活动也离不开东边东正教的世界，因为那里完好无损地保存着许多希腊遗产可供学习。[1]

比特拉克的画像

随着西方学者纷纷学习希腊语，并重新讨论柏拉图的著作，柏拉图哲学也开始复兴了，这产生了新柏拉图主义。新柏拉图主义认为，在人的身上有着神圣的火花，而神圣的天才可以通过这种火花超越人类。这一观点极大地冲击了基督教教义，也为后来文艺复兴时期艺术天才的纷纷涌现奠定了思想基础。同时，这一思想流派也推动着科学的发展。新柏拉图主义认为，太阳是神圣的化身，是位于中心的上帝。这一观点深深鼓舞了哥白尼假说，于是，托勒密的地心说逐渐被推翻，教会的地位也随之开始动摇。

① 参见［美］理查斯·塔纳斯：《西方思想史》，吴象婴等译，上海社会科学院出版社 2021 年版。

在经历了思想相对停滞的中世纪之后，欧洲终于出现了古典主义的复兴，欧洲人的思想迎来了多彩的黎明。就像这黑夜与白昼的交替一样，万物不断变化，向前发展。

万物总在发展变化，如同基督教由微而盛，又渐渐从极盛阶段进入平和阶段，人类也开始准备再次迈入一个崭新的时代。

第五章

上一章我们讲述了 Captain Wentworth 与 Anne 久别重逢时的场景。昔日恋人曾因家人劝导而在浓情时分手，七年后重逢时不免感到尴尬。在 Captain Wentworth 告辞之后，Anne 内心波涛汹涌，此时妹妹 Mary 无心说起 Captain Wentworth 私下对 Anne 的评价——你变得快让他认不出来了。这先是令 Anne 心如刀绞，但随即也帮助她冷静了下来。本章我们将继续讲述 Captain Wentworth 从海上归来后，在这个村庄发生的故事，对应小说的第八至十章。看着 Captain Wentworth 受到 Musgrove 全家热情的招待，Anne 感觉自己仿佛是个局外人，与心中的恋人真是隔着世界上最遥远的距离——我就在你面前，而你却对我视而不见。

貌离神离

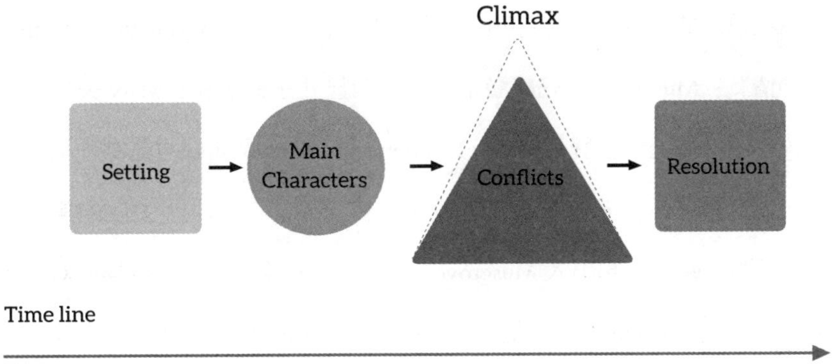
Climax
Setting
Main Characters
Conflicts
Resolution
Time line

记叙文结构图

一、与你之间最遥远的距离
——章节内容解析

众星捧月

在前面的故事里，我们可以看到几乎所有人都对 Captain Wentworth“一见钟情”：Musgrove 夫妇感激他当年对自己儿子的照顾；Mary 夫妇对他的言谈举止、绅士风度赞不绝口；Henrietta 与 Louisa 两姐妹更是被他彻底迷住了。就这样，Captain Wentworth 成了全家上下、老老小小关注的焦点。然而，经常与妹妹一起出入 Musgrove 家的 Anne 却饱受冷落。这样的对比还不算什么，更令 Anne 难过的是，Captain Wentworth 经常会在不经意间提起往事，一次又一次揭开她的伤疤。

每每吃过晚饭，他们就会坐在一起聊天，而 Captain Wentworth 聊的内容经常是对往事的追忆。我们先来欣赏一下这部分：**Whether former feelings were to be renewed must be brought to the proof; former times must undoubtedly be brought to the recollection of each; they could not but be reverted to; the year of their engagement could not but be named by him**, in the little narratives or descriptions which conversation called forth. His profession qualified him, his disposition lead him, to talk; and “That was in the year six”;

"That happened before I went to sea in the year six" occurred in the course of the first evening they spent together, **and though his voice did not falter, and though she had no reason to suppose his eye wandering towards her while he spoke**, Anne felt the utter impossibility, from her knowledge of his mind, that he could be unvisited by remembrance any more than herself. 我们可以大致理解为：过去的感情是否可以恢复，这是需要经过检验的；而 Anne 与 Captain Wentworth 都在频频回忆往事，这一点是毫无疑问的。在谈话的细枝末节里，Anne 意识到他总会提到他们订婚的年份。无论是他的职业，还是他的性情，都可能是他谈起当年的原因："那是在一八零六年""那事发生在我出海前的一八零六年"。在他们一起在 Musgrove 家度过的第一个晚上，他就提到了这些。虽然他的声音没有颤抖，虽然 Anne 没有理由认为他在说话的时候看着自己，但是 Anne 凭自己对他心性的了解，觉得他一定会像自己一样，在回想过去。

本段出现了三个平行句，先来分析一下前两句。

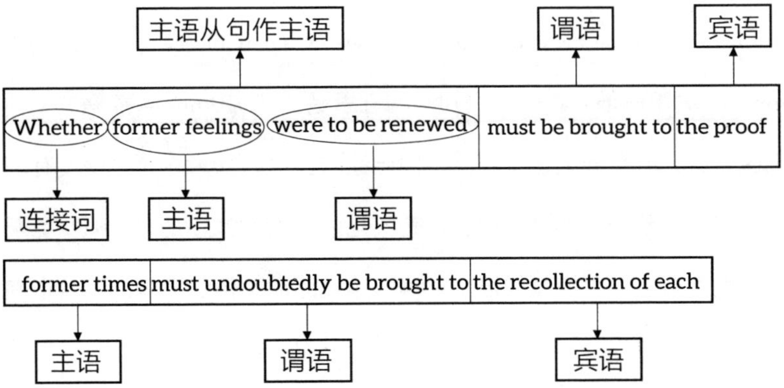

平行句分析

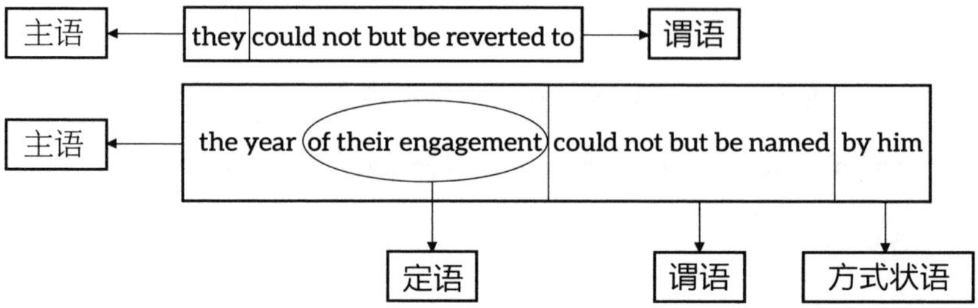

平行句分析

第一对平行句都是以 must 这一情态动词为引导的被动式谓语，第二对平行句都是以 could 这一情态动词为引导的否定性被动式谓语，它们全是叙述者从外视角出发对两人心思的揣摩，这种推断性话语也可以理解为叙述者是在模仿 Anne 对 Captain Wentworth 心思的揣摩。仔细品味，这些看似简单的平行结构却蕴含深意。首先，平行句中反复出现的词语、结构告诉我们，这些事情萦绕在 Anne 的心头，是她永远无法遗忘的痛苦往事。其次，句子的平行结构又表明，即使万般痛苦，Anne 却始终能保持内心的平静与平和。

我们再来看第三句：and though his voice did not falter, and though she had no reason to suppose his eye wandering towards her while he spoke. 此处的“no reason”一词用得很有意蕴。这句话的意思是，其实 Anne 可能察觉到他是在往她这里看，但是她又转念一想，他已经对自己心灰意冷了，她没有理由认为他是在看自己的。那没有理由，是不是就没看呢？还是看了呢？奥斯丁在此处有意营造出一种模糊的语义环境，这也为后文他们模糊的感情走向埋下了伏笔。

此外，我们由此还可以体会到这部小说的特点：尽管是第三人称全知全能叙事，但是作者是从 Anne 的视角来讲述故事的。所有的事情都来自 Anne 的观察与体会，但我们并不知道 Captain Wentworth 的心里究竟是怎么想的。这也是小说吸引人的亮点——让读者不断地猜测 Captain Wentworth 的想法，使我们融入故事情节当中与 Anne 一起痛苦彷徨。

听到这些话，Anne 想起了他们曾经在一起的时光。当时是那么浪漫美好、情投意合，可是如今他们却成了彼此生命中的过客：Now they were as strangers; nay, worse than strangers, for they could never become acquainted. It was a perpetual estrangement. 甚至连陌生人都不如，因为他们已经无法像当年那样爱恋彼此了。

这一家人的聊天总是围绕着一个永远不变的话题，那就是 Captain Wentworth 的出海历程。因为大多数人对于海军的生活一无所知，于是他们出于好奇不停地打听关于船上的生活方式，比如饮食、作息等。两位小姐因对 Captain Wentworth 崇拜至极，甚至拿出了海军名册，说要找到 Captain Wentworth 指挥过的军舰。她们找得十分认真，同时，Captain Wentworth 也把故事讲得绘声绘色。有趣的是，当他谈到因为海上条件艰苦，所以不喜欢女性待在自己的军舰上时，他的姐姐 Sophia 可不干了，说她曾在五艘军舰上与丈夫一起生活过，她认为军舰上的环境非常舒适安逸。因为我们早就知道她出海都是为了陪伴她的丈夫，由此，我们可以看到他的姐姐与姐夫非常恩爱，而且姐姐有着超乎寻常的勇气。可见，这一家人确实重情重义。

晚宴作罢，聊天结束后，他们又开始跳舞了。如同往常一样，Anne 主动承担钢琴伴奏的角色。不过 Captain Wentworth 的到来，使她的演奏不再那么从容淡定：These were some of the thoughts which occupied Anne, while her fingers were mechanically at work, proceeding for half an hour together, equally without error, and without consciousness. 这句话的意思是，万千思绪涌上 Anne 的心头，她的手指只是机械地弹奏着，半个小时过去了，虽然她可以做到不出错，但是她的大脑早已一片空白。

她偶尔可以隐隐约约听到别人的谈话——Captain Wentworth 在问，为什么 Anne 不跳舞，对方是这样回答的：Oh, no; never; she has quite given up dancing.（是的，她几乎放弃了跳舞。）我们都很好奇 Captain Wentworth 听到这句话的时候，心里会想些什么，他会不会对 Anne 减少几分埋怨呢？然而似乎又不会。当舞会结束，Anne 离开钢琴，Captain Wentworth 踱步到这里，而这时 Anne 无意间也回到这里，Captain Wentworth 看到了她，礼貌地说："I beg your pardon, madam, this is your seat."（"对不起，这是你的椅子。"）这样一句礼貌的寒暄，但对于曾经深爱他的 Anne 来说，是多么令人心寒啊！

乘龙快婿

Henrietta 与 Louisa 两姐妹对于 Captain Wentworth 的爱慕已经显而易见了，而 Captain Wentworth 对于她们的反应，大家也看在眼里，于是大家纷纷默认 Captain Wentworth 是必定会娶这两姐妹中的一位的。似乎大家已经忘了，甚至连 Henrietta 自己也几乎忘了她之前的男友——Charles Hayter，他是 Mrs. Musgrove 姐姐的儿子，在附近当副牧师。他没想到自己仅仅外出了一小段时间，回来之后就发现 Henrietta 对他已经爱意全无了。

我们本节就来着重讲述 Mary 与 Charles 夫妻之间关于 Captain Wentworth 究竟会娶谁的这段争论：Charles **gave it for** Louisa, Mary **for** Henrietta, but quite agreeing that to have him marry either could be extremely delightful.

我们可以这样理解：Charles 说 Captain Wentworth 爱的是 Louisa，而 Mary 说他爱的是 Henrietta，不过他们一致认为，无论 Captain Wentworth 最后选择了谁，结果都会令人无比喜悦。我们可以注意到这里“gave it for”的用法，一般我们会用动词 choose 来表达我们倾向于选某人，这里用了含有介词“for”的短语“gave it for”，这样的英文短语表达更加地道，特别值得我们学习。

此外，Charles 还说，他平生从未见过比 Captain Wentworth 更和悦的人，而且他听 Captain Wentworth 亲口说过他在战争中发的财不少于两万英镑：...**had never seen a pleasanter man in his life**; and from what he had once heard Captain Wentworth himself say, was very sure that he had not made less than twenty thousand pounds by the war. 我们可以注意到，第一句话虽然用的是比较级“pleasanter”，却与“never”连用，起到了最高级的表达效果，即从未有人可以比得上他。

随后他接着说：Here was a fortune at once; besides which, there would be the chance of what might be done in any future war; and he was sure Captain Wentworth was as likely a man to distinguish himself as any officer in the navy. Oh! it would be a capital match for either of his sisters.（而且如果将来再有战争，他还可以再有发财的机会，我深信 Captain Wentworth 比其他的军官更加出类拔萃。这无论对哪个妹妹来说都是一门极好的亲事。）紧接着 Mary 也应

和道：Upon my word it would, replied Mary. Dear me! If he should rise to any very great honours! If he should ever be made a baronet! "Lady Wentworth" sounds very well. That would be a noble thing, indeed, for Henrietta! She would take place of me then, and Henrietta would not dislike that Sir Frederick and Lady Wentworth!（我相信是这样的，天哪！希望他能得到最高的荣誉，当上准男爵！"Lady Wentworth"这头衔听上去是多么悦耳。这对于 Henrietta 太好不过了，到时候她将取代我的位置，成为 Wentworth 爵士的夫人！）

这期间还有一段小插曲值得一提。当 Captain Wentworth 来到 Mary 家里拜访时，正好其他人都在楼上，只有 Anne 一个人在客厅。这个情节是全书第一处 Anne 与 Captain Wentworth 单独相处的情景，我们来看看发生了什么。

当时 Anne 正跪在沙发旁忙着照顾 Mary 受伤的大儿子，正在这时，Mary 的小儿子也来捣乱，小孩子非要爬到 Anne 的背上，无论 Anne 怎么劝说、恳求、讲道理，也不肯下来。万般焦急之时，Captain Wentworth 居然"挺身而出"来帮助她：In another moment, however, she found herself in the state of being released from him. 转瞬间，Anne 感觉那个小家伙正在缓缓松开胳膊，原来有人把他从她背上抱走了。当 Anne 发现是 Captain Wentworth 帮了忙时：Her sensations on the discovery made her perfectly speechless. She could not even thank him. She could only hang over little Charles, with most disordered feelings. His kindness in stepping forward to her relief, the manner, the silence in which it had passed. 我们可以这样理解：这一发现令 Anne 激动不已，她甚至说不出感谢的话，只能贴在受伤的小孩子身旁，心乱如麻。他的好意，他的

这番举动，自始至终都是一声不响的。

这样的细腻温柔，这样的挺身解围，我们不禁疑惑，难道说 Captain Wentworth 对 Anne 的感情又死灰复燃了吗？

游间插曲

没过多久，家中的年轻人要来一次小型秋游。我们来看看他们这次出游的缘由。之前因为 Charles Hayter 受到了冷落，所以自愿放弃了追求 Henrietta，而 Henrietta 呢，虽然小说中没有明讲，但可以推测是在经过思想斗争之后，决定把 Captain Wentworth 让给妹妹，所以姐妹俩便策划了这次出行，去找 Charles Hayter。

这次秋游也可以说是 Louisa 精心设计安排的，她竭力劝说 Henrietta 和自己一起去 Charles Hayter 的家，和他重修旧好，这是否也是同时为了扫清自己的情敌，这一点只能靠读者自己猜想了。其实 Anne 参加这次出游，主要是去陪 Mary 的。我们知道 Mary 平时比较娇气，需要 Anne 的照顾与陪伴，而大伙儿是不愿意带 Mary 的。之所以邀请 Mary，只是出自善意，因为这一家人非常善良团结。当然， Louisa 正好借此机会与 Captain Wentworth 并肩出游，从而可以进一步发展感情。

我们可以看到奥斯丁在无声无息之中把每个人物的情路历程清清楚楚地展现给大家。

电影剧照——
Henrietta、Louisa（左）与 Anne、Mary（右）出游

总体来看，Louisa 的计划进行得非常顺利，我们可以看到她抓住每一个机会向 Captain Wentworth “表白”。比如当 Captain Wentworth 提到自己的姐夫驾车经常很颠簸，但是姐姐好像丝毫不在意，总会陪着姐夫一起出游时，Louisa 激情澎湃地说： but if it were really so, I should do just the same in her place. If I loved a man, as she loves the Admiral, I would always be with him, nothing should ever separate us, and I would rather be **overturned** by him, than driven safely by anybody else. 她的意思是：如果我和你姐姐一样，深爱着一个人，我就要永远和他在一起，即使他驾车把我翻进沟里面，我也不愿意稳稳地坐在别人的车上。此处的 “overturn” 一词值得注意，在这句话里它是“被掀翻”的意思，但是从全篇小说的情节发展来看，它为后文 Louisa 的意外失足摔倒埋下了伏笔。

这番话可是让 Captain Wentworth 万分感动，他说道：“Had you？” cried he, catching the same tone; “I honour you!” （“你真的会这样吗？真叫

我敬佩！”）

这时，原本沉浸在秋日美景里的 Anne 无意间听到了他们的对话。本来一路上她在尽力欣赏美景，可这下她再也背诵不出任何美丽的诗句来对应这美景了——Anne could not immediately fall into a quotation again. The sweet scenes of autumn were for a while put by, unless some tender sonnet, fraught with the apt analogy of the declining year, with declining happiness, and the images of youth and hope, and spring, all gone together, blessed her memory. 我们可以这样理解这段话：一时间，秋日的美景被抛至脑后，除非她可以想起来一首动人的十四行诗，诗歌中充满了对似水流年的比拟，对逝去青春、希望、春天与欢乐的描绘。

其实这个时候，Louisa 与 Captain Wentworth 在一起的趋势已经很明显了，Louisa 不仅清除了姐姐这个情敌，还发出“誓言”赢得 Captain Wentworth 的称赞——“Had you？”cried he, catching the same tone;“I honour you!”然而 Anne 却在失落之余有着自己清晰的判断。

前面我们提到了大家都纷纷默认 Captain Wentworth 必定会娶这两姐妹中的一位为妻子，然而 Anne 却不这样认为：Other opportunities of making her observations could not fail to occur. Anne had soon been in company with all the four together often enough to have an opinion, though too wise to acknowledge as much at home, where she knew it would have satisfied neither husband nor wife; **for while she considered Louisa to be rather the favourite, she could not but think, as far as she might dare to judge from memory and experience, that Captain Wentworth was not in love with either. They were more in love with**

him; yet there it was not love. It was a little fever of admiration; but it might, probably must, end in love with some. Charles Hayter seemed aware of being slighted, and yet Henrietta had sometimes the air of being divided between them. **Anne longed for the power of representing to them all what they were about, and of pointing out some of the evils they were exposing themselves to.** She did not attribute guile to any. **It was the highest satisfaction to her to believe Captain Wentworth not in the least aware of the pain he was occasioning**.

我们可以这样理解这段的大意：Anne 总还是有机会观察的，不久，她就有机会经常与四个人来往，相互熟悉了之后也就形成了自己的看法。不过她是个聪明人，在家里的时候什么都不会说，因为她知道 Mary 夫妇都不会喜欢她的想法。虽然她也觉得 Louisa 更讨人喜欢，但是依据她记忆里对 Captain Wentworth 的了解，他对姐妹俩都不算爱。而她们俩对他的感情也只能说是喜欢，这也算不上爱。当然即使仅仅是爱慕之情，最后也许真会堕入情网。Charles Hayter 似乎察觉到自己被冷落，可是 Henrietta 倒更像是脚踩两条船。Anne 并不认为他们中谁有欺骗行为，但她多希望可以向大家说明，她们这种情感的模糊状态，会带来怎样的危险后果。使她感到欣慰的是，她认为 Captain Wentworth 并没有意识到他给别人带来了痛苦。

我们先来仔细欣赏这句：for while she considered Louisa to be rather the favourite, she could not but think, as far as she might dare to judge from memory and experience, that Captain Wentworth was not in love with either.（她不得不认为，依据自己的经验判断，Captain Wentworth 谁都不爱。）此处奥斯丁用了“could not but think”，而不是简单地说“only think”。再加上后面的一

句插入语，表示依据她的记忆、经验，而不是凭空想象，这一切都表明 Anne 思维的缜密。

再来细读这句：Anne longed for the power of representing to them all what they were about, and of pointing out some of the evils they were exposing themselves to. 她特别想向这两姐妹解释一下，她们这样情感来回游移，以及 Henrietta 还在这两个男人之间犹豫、暧昧不清，是不对的。这说明 Anne 是非常有责任感和正义心的。但有一点她感到特别安慰，就是她已经明白了 Captain Wentworth 并没有意识到自己带给别人的痛苦，因为他不知道 Charles Hayter 把自己当作情敌：It was the highest satisfaction to her to believe Captain Wentworth not in the least aware of the pain he was occasioning. 首先我们要注意 occasion 作动词时表示“引起、惹起”，而且我们还要明白英文的表达与中文的顺序不同，英文是先说评价——It was the highest satisfaction，再说行为——to believe Captain Wentworth not in the least aware of the pain he was occasioning，即产生这样的评价、情绪的原因。

俨然，在 Henrietta 明确表示自己把 Captain Wentworth 让给了妹妹之后，Captain Wentworth 就和 Louisa 走得格外近了。他们一起去树林间摘果子，不料正坐在树林外面休息的 Anne 无意间听到了他们的对话：After a moment’s pause, Captain Wentworth said—Do you mean that she refused him？

——Oh! Yes; certainly.

——When did that happen？

——I do not exactly know, for Henrietta and I were at school at the time; but I believe about a year before he married Mary .

这段话的意思是，Louisa 告诉 Captain Wentworth，Anne 曾经拒绝了 Charles。Captain Wentworth 似乎有些诧异，并且似乎有些急切地询问这件事发生的时间。我们可以看出其实在他心底，他还是十分在意 Anne 的。不仅如此，接下来发生的事情，更是证明了这一点。

当他们准备返回时，每个人都感到很疲惫了，这时 Captain Wentworth 的姐姐、姐夫正巧驾着马车经过，不过车上只剩下一个空位了。就在这时，Captain Wentworth 过去偷偷跟姐姐说把 Anne 带上：and Captain Wentworth, without saying a word, turned to her, and quietly obliged her to be assisted into the carriage. Yes,he had done it.（他一声不响地悄悄扶着她进了车子。是的，他这么做了。）他主动帮 Anne 上了车！

电影剧照——Captain Wentworth 把 Anne 扶上马车

这一个小小的动作令每个人心头一震：This little circumstance seemed the completion of all that had gone before. She understood him. He could not forgive her, but he could not be unfeeling.

这件小事也似乎可以给过去一个交代。Anne 突然懂得他的想法了——虽然他无法原谅 Anne 当年抛弃他，但是也并非无情无义。很明显，他不想让 Anne 受苦，因为他们曾经的爱情还一息尚存——It was a remainder of former sentiment; 种种迹象表明他是一个多么温暖善良、重情义的人——it was a proof of his own warm and amiable heart, which she could not contemplate without emotions so compounded of pleasure and pain, that she knew not which prevailed. 此刻的 Anne 五味杂陈、心潮澎湃。读到这里，我们不禁替 Anne 期待着，这样温柔的举动除了是对过去的留恋，还会隐含着什么新的感情吗？他会与 Anne 旧情复燃吗？

二、接纳最糟糕的状况
——奥斯丁的“自我”

在本章讲述的故事里，Anne 陷入了最糟糕的境况——Musgrove 一家都围着 Captain Wentworth 问长问短，聊天跳舞，她自己则备受冷落。不仅如此，她眼看着 Musgrove 家的姐妹俩争抢她之前心爱的人，而自己却什么都不能做。眼下，她真的成了局外人。但是 Anne 并没有因此而心灰意冷，而是在努力保持“自我”——自我的心境，自我的行为。同时，她用冷静与智慧观察着周围的一切，体悟人生。在别人跳舞的时候，她自愿在旁边弹琴，甘愿做一个协助者；在别人议论 Captain Wentworth 究竟会娶谁的时候，她就在旁边静静地听着，去分析、去观察。即使她有与众不同的观点，也在默默扮演着一个局外人的角色。这是一种能力，更是一种勇气。

其实，我们每个人都有可能在人生的某个时段面临最糟糕的处境，成为局外人，没有别人的关心与温暖。而我们需要做的就是如同 Anne 一样，把“自我”从外在的情绪中抽离出来，回到“自我”的原点，保持“自我”的心境。上一章我们讲到，一切的痛苦其实都不是源于外在的，这样才能保持内心的平静。就像 Anne 一样，冷静分析周围的人和事，勇敢地做自己，这样我们才能学会接纳自我，用理性来分析外在糟糕的环境，观察人性的善恶，保持清醒的认知。我们要学会做一个可以忍受孤独的人，同时还要学会协助别人，这样，总有一天，我们会再重新融入，成为局内人。

电影剧照——游间插曲

就像 Anne 一样，当她在秋游中备受冷落的时候，她选择了转移自己的注意力，把视线投射到自己可以把控的、美好的事物上，比如诗歌、秋色：

Anne’s object was, not to be in the way of anybody; and where the narrow paths across the fields made many separations necessary, to keep with her brother and sister. Her pleasure in the walk must arise from the exercise and the day, from the view of the last smiles of the year upon the tawny leaves, and withered hedges, and from repeating to herself some few of the thousand poetical descriptions extant of autumn, that season of peculiar and inexhaustible influence on the mind of taste and tenderness, that season which had drawn from every poet, worthy of being read, some attempt at description, or some lines of feeling. She occupied her mind as much as possible in such like musings and quotations.

我们可以这样理解这段话：Anne 不会妨碍任何人，当田间小路太窄需要分开走的时候，她就只和妹妹、妹夫一起走。她出游除了陪妹妹，自己也可以充分利用这样好的天气活动一下，借此机会好好欣赏一下这一年里最后的美景。看看那凋零的落叶和那枯萎的树篱；吟诵几首描绘秋色的诗篇。这样的季节总会出现在每一位诗人的笔下，值得去吟诵，去描绘，去创造每一句动人心弦的诗行。这样的季节总是会带给那些柔情之人无穷无尽的感动。Anne 聚精会神地沉思着，吟诵着。

这样，即使我们陷入了最糟糕的状况，也能把自我从外在抽离出来，让自己的心情嫁接在自己可把控的事物上，我们可以读书，我们可以观察大自然，保持自我。就像 Anne 一样，与大自然融为一体，容纳尘世的烦扰。

电影剧照——游间插曲

三、文艺复兴的到来

——快速串联西方思想史

黑夜的尽头必定是黎明，接纳最糟糕的状况之后，我们必定会迎来希望。对于 Anne 来说，黑暗而漫长的“中世纪”仿佛快要结束了。本章中我们讲到的 Captain Wentworth 那两次温柔的举动，似乎象征着他们关系复苏的曙光。

在黑暗的中世纪过后，欧洲也迎来了黎明的希望——文艺复兴的到来。这一时期的思想史发展大致呈现出两个较为清晰的脉络：“人的发现”与“自然的发现”。其中，“人的发现”主要体现在艺术、文学与宗教领域的成果上；而“自然的发现”主要是体现在科学领域的发展，比如，机械钟表的发明推动了各类机械的制造，罗盘的发明推动了天文学的发展，其中哥白尼与开普勒怀着新柏拉图主义的思想，探索宇宙奥秘，提出日心说，发动了科学革命。天文学的发展又促进了航海的兴盛，人类开始无限拓展有限认知的世界、发现新大陆、开展环球航行。接下来，我们先具体介绍文学与艺术领域的发展，而宗教与科学领域的变革将会在第六章与第七章分别进行讲解。

在艺术方面，这一时期涌现出众多艺术家，创作出万众瞩目的艺术品，如达·芬奇的画作《最后的晚餐》，米开朗基罗的雕塑作品《圣母怜子像》，拉斐尔的画作《雅典学院》等。这些作品体现出人体的优美与和谐，且随着人文主义思想的兴盛而备受赞颂。同时，几何学、直线透视法、空间透视法、解剖学、明暗对照法的发展也为这些艺术佳作的诞生创造了条件。而且，文艺复兴主张知识领域里没有界限与分割，这种观念推动了各类学科之间的交流。其中，画家拉斐尔就从各个学科的跨领域探索中汲取了营养，创造了关于“美”的神话。他的画作《雅典学院》不仅利用光线的明暗变化来衬托出不同人物的表情与性格，还运用了不同于传统的几何构图方式，将其本人“隐藏”在整幅画作的最右侧，成为后世画家仰慕的经典之作。当然，很多艺术家的成就都离不开麦迪奇家族的支持。

达·芬奇画像

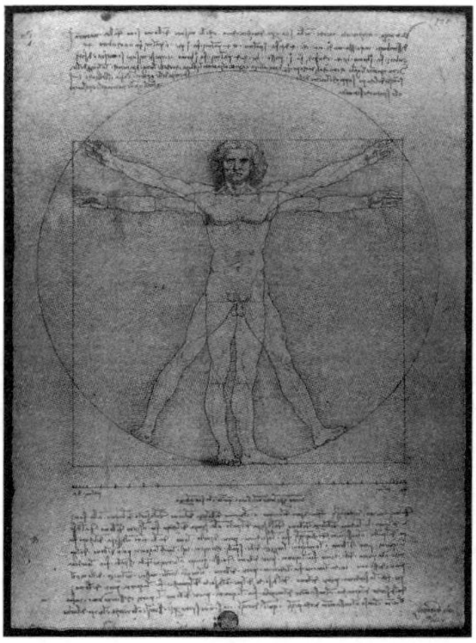

达·芬奇手稿

麦迪奇——Lorenzo de' Medici ruler of Florence and Patron of arts

在文学方面，人文主义的发展首先体现于古希腊、罗马文化研究开始脱离神学的束缚，人们的目光逐渐从“神”转向“人”。在这一时期，丰富多彩的古典文化重新受到了重视，这一点我们在前一章就有所提及。因为从新的研究里，人们看到了古典文化本来的面目，而并非经教会歪曲后的模样。在此基础上，一批又一批新时代的文学家开始涌现出来，歌颂人文精神与人性的美。无论是薄伽丘的《十日谈》、蒙田的《随笔集》，还是但丁的《神曲》，都充满了对人的尊严与价值的赞美，以及对人性、人类情感的歌颂，还有对教会的虚伪、腐败、压抑人性的批判。再后来经过莎士比亚、塞万提斯等人的升华发展，人类文学史上的巅峰之作接踵而至。就这样，在中世纪长时间的痛楚之后，一个崭新的时代华丽登场了。[①]

① 参见[美]理查斯·塔纳斯：《西方思想史》，吴象婴等译，上海社会科学院出版社2021年版。

第六章

在小说第五章中作者就曾交代，Lady Russell 有事情准备处理，需要离开凯林奇一段时间。几周过去了，Lady Russell 就要回来了。她先前就与 Anne 约定，等自己一回来，Anne 就搬去与她同住。现在她回来了，Anne 马上就要搬去凯林奇找 Lady Russell 了，这下住得要离 Captain Wentworth 更近了，因为 Captain Wentworth 与他的姐姐、姐夫就住在 Anne 家原先的宅邸里，与 Lady Russell 在一个村。但 Anne 考虑到，Captain Wentworth 白天都是跑到 Musgrove 家与 Louisa 姐妹待在一起的，这样一来，其实二人反而不容易遇到，这样会避免像现在这样经常见面的尴尬。再加上 Mary 孩子的身体渐渐恢复了，她也没有了继续在这里待下去的理由。可就在她正要准备离开的时候，竟发生了一件意想不到的事情。本章将对应小说第十一至十二章，一起来看看这场惊心动魄的意外事件吧。

意外失足

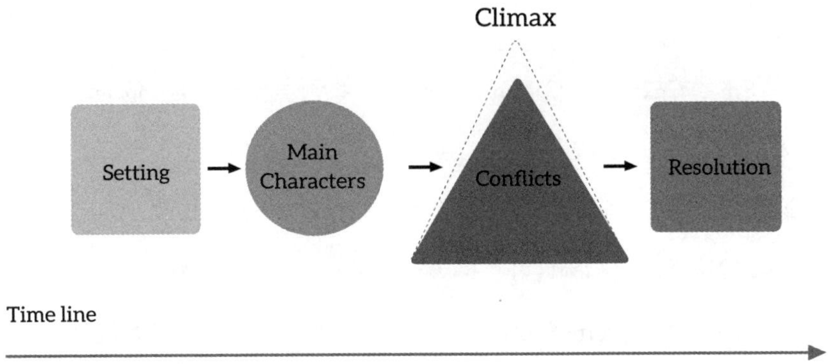
Climax
Setting
Main Characters
Conflicts
Resolution
Time line

记叙文结构图

一、最是世事难料时

——章节内容解析

集体秋游

在本章的故事里，Captain Wentworth 收到了旧日战友 Captain Harville 的邀请，赴约前往莱姆住了两天，回来后便对那里的风景赞不绝口。于是大家都迫不及待地想去那里看一看。同时，Captain Wentworth 表示自己也想再去一次。就这样，他们制订好了两天一夜的行程计划， Mary 夫妇、Louisa 姐妹、Captain Wentworth 和 Anne 一同前往。他们一大早就聚集到大宅，吃过早饭便出发了。天色渐暗时，他们到了莱姆，并且在一家海滨旅馆订好了房间和晚餐。这里有瑰丽的海湾，星星点点的碎石撒满柔静的沙滩；这里有色彩斑斓的悬崖，繁茂的果树嵌入条条悬崖之间的翠谷之中。这里的一切，都令人万般流连。

没过多久，Captain Wentworth 就向大伙介绍了他旧日的朋友 Captain Harville 和他的妻子，以及另一位战友 Captain Benwick。在后文的情节里，我们会看到 Captain Benwick 在与 Anne 的相处中似乎擦出了火花，所以在这里我们要详细介绍一下他：Captain Benwick had some time ago been first lieutenant of the Laconia; and **the account which Captain Wentworth had given of him**, on his return from Lyme before, **his warm praise of him** as an excellent young man and an officer, **whom he had always valued highly**, **which must have stamped him well in the esteem of every listener, had been followed by** a little history of his private life, which rendered him perfectly interesting in the eyes of all the ladies.

我们可以这样理解这句话：Captain Benwick 曾在“拉科尼亚号”上当过舰务官。Captain Wentworth 自上次从莱姆回来之后就对他赞不绝口，说他是一位优秀的青年，是自己之前十分器重的军官。他这番话必定会使每个听众都很欣赏 Captain Benwick，随后他又介绍了一些关于 Captain Benwick 个人生活的故事，这使每位夫人、小姐都兴趣盎然。

在这个长句中有两个主语，一个是 the account，另一个是 his warm praise of him，这里的 his 指的是 Captain Wentworth，而后面的 him 指的是 Captain Benwick, 其余的成分都是插入语和后置定语。而这两个主语的谓语在句子的最后：Had been followed by a little history of his private life. 我们会发现，不同于我们常用的 and 连接的并列句型，比如：he is an excellent young man and an officer, and he had been always valued highly, and he must have been stamped well in the esteem of every listener. 奥斯丁的语言层次性很强，通过不同级别的分句实现主次不同的信息逻辑：**his warm praise of him as an excellent young man and an officer, whom he had always valued highly, which must have stamped him well in the esteem of every listener,** 以 **his warm praise** （Captain Wentworth 的赞美）作主语，再加之两个从句的修饰，这种安排使得整个句

子主次有别、浑然一体。我们还可以欣赏一下 stamped 这个动词，生动活泼地刻画出 Captain Benwick 的形象，真是深入人心。

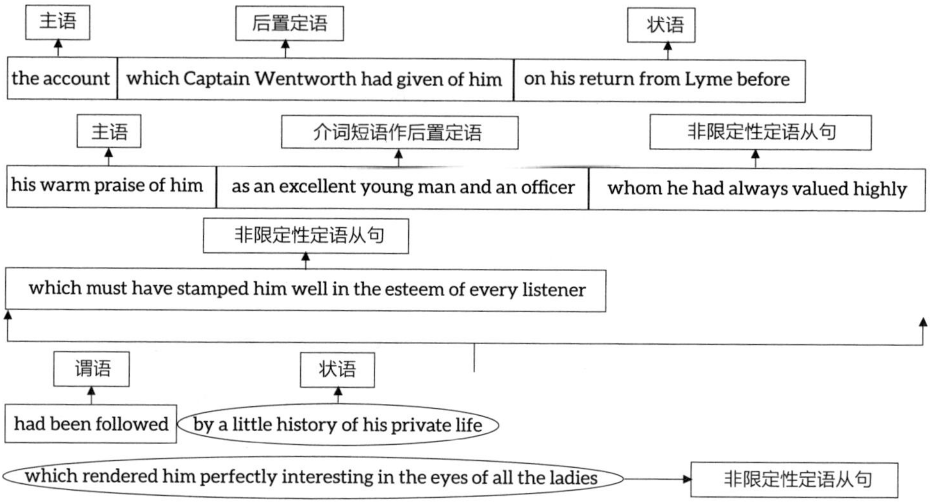

句型结构分析

在后文的叙述中，我们了解到 Captain Benwick 的故事，他曾与 Captain Harville 的妹妹订婚，一直想着等自己升迁有钱后就马上迎娶她，然而就在他获得了高额薪酬的时候，心爱的姑娘却因急病而与世长辞了。如今，他与 Harville 夫妇一起生活。这部小说中这个悲剧插曲值得我们深思，我们的人生应该怎样打算，是像 Captain Benwick 一样慎重考虑，长远打算？还是像 Captain Wentworth 当年那样为了爱情不顾一切？奥斯丁似乎没有给我们答案。

电影剧照——莱姆风光，镜头最近的是 Anne 的背影

彼此介绍之后，Captain Harville 便邀请大家来家中做客。他的家虽然不大，但是设计得别出心裁，整个屋子显得温暖而明亮。与 Captain Harville 不同，Captain Benwick 是一个爱读书的人，他的房间里陈列着一排排装帧精致的书籍。在这一点上，他与 Anne 非常投缘，于是晚饭的时候他们俩便聊起了诗歌。此刻，Anne 的才华烘托出她那别具一格的优雅：For, though shy, he did not seem reserved; it had rather the appearance of feelings glad to burst their usual restraints; and having talked of poetry, the richness of the present age, and gone through a brief comparison of opinion as to the first-rate poets. 这段话的意思是，Captain Benwick 尽管十分腼腆，但是依旧破例与 Anne 畅谈起了诗歌，还谈到他对几首诗歌独到的看法。

如此温馨的场景、如此投缘的畅谈，让我们不禁联想，Captain Benwick 与 Anne 未来会擦出火花吗？

初遇堂兄

其实早在多年以前，Anne 的姐姐 Elizabeth 就有过一段浪漫爱情的假想，她爱上了她们的堂兄。这位堂兄是她们父亲的继承者，她们家产业的继承人，因为她们的父亲没有男性子嗣，根据奥斯丁时代的遗产继承制度，父亲去世后财产是要给近亲中的男性继承的。如果她真的可以嫁给这位堂兄，她就可以永远不用搬离家中的宅邸，永远做这里的女主人了。Elizabeth 的父亲也是为了女儿将来能够继承这份产业，拼命促成这位堂兄与 Elizabeth 的婚事。然而这位堂兄并没有领情，而是娶了一位有钱人家的小姐。如今，这位小姐刚刚过世。此时，真是凑巧，这位堂兄也路经这里。

这一节我们重点来讲 Anne 与这位堂兄在莱姆初遇时的场景——When they came to the steps, leading upwards from the beach, a gentleman, at the same moment preparing to come down, politely drew back, and stopped to give them way. **They ascended and passed him; and as they passed**, Anne' s face caught his eye, **and he looked at her with a degree of earnest admiration, which she could not be insensible of. She was looking remarkably well**; her very regular, very pretty features, having the bloom and freshness of youth restored by the fine wind which had been blowing on her complexion, and by the animation of eye which it had also produced. It was evident that the gentleman, （completely a gentleman in manner） admired her exceedingly. Captain **Wentworth looked round at her instantly in a way which shewed his noticing of it.** He gave her a momentary glance, a glance of brightness, which seemed to say, “That man is struck with you, and even I, at this moment, see something like Anne Elliot again”.

我们可以大致这样理解这段话：当他们从海滩沿着台阶往上走的时候，正碰到一位绅士准备向下走，只见他有礼貌地后退了一下，停下来给他们让路。他们往上走，从他身旁经过，就在擦身而过的一刹那，这位绅士瞥见了 Anne 的面容，他打量着她，眼神里充满了爱慕之情，对此，Anne 不可能没有察觉。她此时看上去动人极了，清风拂过，那秀丽的面庞更是焕发出青春的气息，一双眼睛也显得更加迷人。很明显，那位绅士（举止上看起来像个绅士），对她极为爱慕。Captain Wentworth 注意到了这个细节，当即掉头看向 Anne，他和颜悦色地瞥了她一眼，仿佛在说，“那人对你着迷了，就连我也觉得你又有些像当年的 Anne Elliot 了”。

电影剧照——Anne 与堂兄（台阶上方）初次相遇

我们首先要注意这个句子：They ascended and passed him; and as they passed，我们知道在英文表达中，动词一般不重复使用，但是此处奥斯丁故意将“passed”重复了两次，她用意何在呢？其实这里的第一个 “passed ”是表示结果的动词，指他们“擦肩而过”的结果；而第二个则是表示过程的动词，指他们“擦肩而过”的过程。同时这里也暗含一个双关的寓意，因为在小说的情景发展中他们的感情也是彼此错过了的。

接着，我们来看下面的句子：and he looked at her with a degree of earnest admiration, which she could not be insensible of. She was looking remarkably well. a degree of earnest admiration 中的“earnest admiration” 这一搭配表示极度爱慕，值得我们学习积累。而“she could not be insensible of ”中这一双重否定的用法，更是凸显了 Anne 的谦逊：她“不能不”意识到。所以，我们可以看到奥斯丁非常擅长刻画人物， 每一个语句、每一个单词的用法都隐含着人物的性格特点。同时，在这句话里，又有一对重复的动词：第一个 “he looked at her”中的 look 是一个行为动词，表示“看着她”；而第二个“She was looking remarkably well”中的 look 是一个系动词，表示“看起来”很美丽。但是此处我们需要注意，奥斯丁又在系动词的基础上加了一个“ing”的形式，增强了这个系动词的动感，特别生动地展现出此刻“她看上去真是太美了”。

look 用法分析

除此之外，我们还会发现奥斯丁很少使用括号，但是此处惊现一个括号来强调这位堂兄“在举止上”是绅士的。这里奥斯丁有何用意呢？在下面的故事中，我们将会找到答案。

电影剧照——Anne 的堂兄 Mr. Elliot

家妹受伤

偶遇之后，堂兄一行便坐马车离开了。Captain Wentworth 立刻反应过来，这就是刚刚那个看着 Anne 的人，于是便询问侍者他的名字，对方回答说，那位是 Elliot 先生。Mary 一听便立刻大声嚷嚷起来：“Bless me!” cried Mary; “it must be our cousin; it must be our Mr. Elliot, it must, indeed!”（她大喊，“天啊！这一定是我们的堂兄，一定是我们的 Mr. Elliot 先生，一定是！”）紧接着，她就开始一边大肆炫耀着要去结识这位堂兄，一边撺掇 Anne 写信告诉父亲这件事。而 Anne 却一如既往地平心静气地告诉她，父亲与他多年来一直关系不好，这样做是不恰当的。

电影剧照——从左到右依次位 Anne、Mary 和 Charles

转眼间便到了要离开莱姆的时刻，Harville 夫妇与他们深情告别。但是就在快要走到码头的时候，他们一个个都想到上面再去走一走，再去看一看这美丽的海湾风景。这时，Anne 发现 Captain Benwick 又凑了过来——Anne found Captain Benwick again drawing near her. **Lord Byron's "dark blue seas"could not fail of being brought forward by their present view**, and she gladly gave him all her attention as long as attention was possible. 可以这样理解这段话：他情不自禁地吟诵起了拜伦的“蔚蓝色的大海”，Anne 也聚精会神地与他聊天。这是以物作主语的被动句，不同于我们常常用的句型 “sb.+ cannot help+ doing”，奥斯丁此处以“Lord Byron’s‘dark blue seas’”作主语，表现出 Anne 与 Captain Benwick 非常内向安静的性格。与之形成鲜明对比的就是 Louisa 的外向奔放了。我们来看看在本章的高潮部分，奥斯丁是如何用精妙的语言来刻画她的：

There was too much wind to make the high part of the new Cobb pleasant for the ladies, and they agreed to get down the steps to the lower, and all were contented to pass quietly and carefully down the steep flight, excepting Louisa; **she must be jumped down them by Captain Wentworth.** In all their walks, he had had to jump her from the stiles; the sensation was delightful to her. The hardness of the pavement for her feet, made him less willing upon the present occasion; he did it, however. She was safely down, and instantly, to show her enjoyment, ran up the steps to be jumped down again. He advised her against it, thought the jar too great; but no, he reasoned and talked in vain, she smiled and said, "I am determined I will", he put out his hands; she was too precipitate by half a second, she fell on the pavement on the Lower Cobb, and was taken up lifeless! There was no wound, no blood, no visible bruise; but her eyes were closed, she breathed not, her face was like death. The horror of the moment to all who stood around!

这段话的大致意思是：因为风大，小姐们纷纷想顺着台阶走到下面的码头。大家都小心翼翼地往下走，唯独 Louisa ，非要 Captain Wentworth 扶着她往下跳。在过去的几次散步中，Captain Wentworth 次次都得这样做，Louisa 觉得这很惬意，可是这回的人行道太硬了，她的脚受不了，而且 Captain Wentworth 也有些担心，但还是禁不住答应了。这时，Louisa 跳下了一个台阶，但是为了显示她的兴致，她又跑上去要再跳一次，Captain Wentworth 劝她别再跳了，可她就是不听，笑着说道"我非跳不可"。可是谁想到她跳早了半秒，Captain Wentworth 刚刚伸出手，没有接住她，刹那间，她咚的一声摔到了地上，不省人事。她身上没有伤痕，也没有血迹和青肿，但是她紧闭双眼，呼吸停止，面无血色。这可把大家吓坏了。

此段中对 Louisa 的描写与前文对 Anne 的描写形成鲜明对比，这段中奥斯丁的语句全部使用 Louisa 作主语，因为 Louisa 一直是动作的发出者，甚至是他人行为的指挥者，这一点非常生动地展现了她活跃外向的性格特点。我们可以注意到在被动句“she must be jumped down them by Captain Wentworth”的背后，蕴含着极为主动的概念：must 一词就是在告诉我们，这一切的行为都是她的意志，她“控制着” Captain Wentworth，让他一定要扶着她跳下去。

接下来是对 Anne 的描写。她以超乎常人的镇静、与生俱来的智慧，在大家都慌作一团，连 Captain Wentworth 都不知所措的时候，成为所有人的精神支柱。她沉着冷静、按部就班地安排大家去找医生，照顾姐妹俩。

看过医生，病人情况平稳之后，他们又要探讨谁留下来照顾 Louisa，而谁回去将这场意外通知她的父母。这时，Captain Wentworth 也向 Anne 寻求帮助：You will stay, I am sure; you will stay and nurse her; cried he, turning to her and speaking with a glow, and yet a gentleness, which seemed almost restoring the past.（我想你一定愿意留下来照顾 Louisa，他转脸望向她，热烈又温柔，Anne 仿佛重温旧梦一般。）可是谁想到 Mary 一听不让自己留下来，就不干了。无奈之下，Anne 只好同意与 Captain Wentworth 和 Henrietta 先回去通知家人，剩下的人留在原地照顾 Louisa。

在回程的马车上，Captain Wentworth 的举动令我们再次惊叹：when, as they were going up their last hill, Anne found herself all at once addressed by Captain Wentworth. In a low, cautious voice, he said:

“I have been considering what we had best do. She must not appear at first.

She could not stand it. I have been thinking whether you had not better remain in the carriage with her, while I go in and break it to Mr. and Mrs. Musgrove. Do you think this is a good plan？”

这段话的大意为：当马车向最后一座山上行驶时，Anne 突然发现 Captain Wentworth 正在对她说话。只听他柔声细语地说道：“我一直在考虑我们应该怎么办最好。她（Henrietta）不能先露面，这样她受不了，我在想你能不能和她一起先待在车里，我进去向她家里人先报个信，你觉得怎么样？”

一向沉着镇定的他，不仅在 Louisa 倒下去的那一刻不知所措，在这一刻更是不自信地询问 Anne 的意见。不过，这样温柔的 Captain Wentworth 倒是带我们回到了七年前的时光——他对 Anne 细腻的感情。这样的错觉也让 Anne 愣了愣神。良久，Anne 才对他的计划表示了同意。想想这番情境，对她来说真是一件幸福的事，因为这象征着他对自己的尊重，这是他们之间友谊的回归：But the remembrance of the appeal remained a pleasure to her, as a proof of friendship, and of deference for her judgement, a great pleasure...

二、耐心是坚强人格的内动力
——奥斯丁的“自我”

在本章的故事里，我们看到 Anne 正在逐步走出生活的阴霾。她的魅力，无论是性格上的还是外貌上的，都在渐渐赢得周围人的关注与肯定，比如堂兄，比如 Captain Benwick，甚至是 Captain Wentworth。当 Louisa 摔倒时，所有人都愿意听从 Anne 的安排，我们可以体会到 Anne 正在逐渐从一个家族活动的配角走向全体成员的主角，从先前的局外人变成局内人。这不仅是小说情节的重要发展，更是 Anne 本人的重要成长，而这一成长的背后，有一个我们看不见的东西在默默支撑着 Anne，那就是稳定“自我”中的平和内心，展现为她无与伦比的耐心。这是她坚强人格的内动力，更是她不断成长的驱动力。

首先，这样的耐心可以帮助 Anne 关注自己的爱好，欣赏喜欢的诗歌，醉心美妙的大自然。在他们一同秋游的情节中，Louisa 与自己所爱的人离得很近，只有 Anne 形单影只。可无论外界的一切多么令 Anne 感到失落，她都可以把自己的心沉淀下来，吟诵着诗歌，欣赏着秋景。这样充盈的灵魂无时无刻不散发出一种自内而外的美，这就是 Anne 与众不同的魅力。

其次，Anne 的耐心支撑她一步一步走过了最黑暗的时刻，迎来了人生的转机。我们可以回忆故事的开端，Anne 是家中被冷落的配角，先是失去爱情，又饱受姐姐的排挤。当一家人准备压缩开支的时候，姐姐的提议竟然是要省去给 Anne 买礼物的少得可怜的花销。之后，父亲与姐姐更是丢下她先行去了巴斯。再后来，到了妹妹 Mary 家也是如此，当 Mary 夫妻俩前去大宅赴宴时，只有 Anne 留下来照顾 Mary 生病的儿子。

电影剧照 ——Anne

就这样，她一直都是作为一个辅助的配角出现的，但是，她没有抱怨命运的不公，没有怨天尤人，而是用自己的耐心包容着一切困苦，将其转化为内在自我的力量。而正因为她内心变得越来越坚定与宽容，也越来越融入各种郊游活动之中，她也逐渐恢复了往日的美丽容颜。就这样，她等到了命运的转机——当突发的事件来临时，当所有人都慌了手脚时，Anne 凭着自己内心的镇定坚强，成为众人的主心骨，成为他人的依靠。她终于登上了属于自己的舞台，成了人生的主角。

三、宗教改革
——快速串联西方思想史

正如 Anne 迎来了人生的转机，欧洲社会也在文艺复兴的浪潮中迎来了光明。本节我们就要介绍带领整个欧洲社会从蒙昧迈向文明的至关重要的一步——宗教改革。如果说文艺复兴只是波及了上层社会的小部分人群，那么宗教改革则可以说是影响了几乎全社会的各个阶层。

宗教改革首先发生在德国。1517 年，为了筹集修建教堂的费用，教皇开始用卑劣的手段兜售赎罪券，他们荒唐地宣称只要购买赎罪券的钱币落进钱柜叮当一响，带有罪恶的灵魂就可以直接从地狱进入天堂。面对这种情况，神学教授马丁·路德站了出来，提出了著名的《九十五条论纲》，其核心是“因信称义”。也就是说，每个人都可以凭借自己的虔诚信仰得到拯救，而并非要用教皇宣称的赎罪券。这对人们的思想解放起到了至关重要的作用。

教皇兜售赎罪券

除此之外，瑞士也开始了宗教改革。改革领袖卡尔文在“因信称义”的基础上发展了“先定论”的思想。他提出，一个人是否能成功，上帝早有安排，成功者即为上帝的“选民”，而失败者则为上帝的“弃民”。这使人们更加关注自己的道德行为，而非只是任由教会摆布。

我们再来看英国的情况，英国的改革也独具特色。最初，亨利八世为了防止欧洲大陆在宗教改革运动中兴起的新教会冲击到自己的统治，公开表示要捍卫旧有的天主教。然而十二年后，因为亨利八世没有任何男性子嗣，所以他提出与现任妻子离婚，但是天主教教义却不允许离婚这一行为，于是，亨利八世与天主教彻底决裂。接着，亨利八世顺应当下宗教改革的浪潮，借由新教的势力，在不断努力下建立了英国国教。1534 年，英国议会通过《至尊法案》，宣布国王为英国国教的最高首脑，拥有处理教会事务的最高权力，并且实施“教随国定”的治国方案。这一变革使得世俗王权超越了宗教神权。这也在人类历史的进程中极大地推动了民族国家的发展。

马丁 · 路德

宗教改革在极大程度上促进了思想的解放，使欧洲社会彻底走出中世纪的思想束缚，迈入了崭新的时代。与此同时，改革所引发的各个宗教派别之间的斗争，也促使人们更加迫切地期待一种可以超越各种宗教理论之上的普遍共识。正因如此，科学革命得以发生，并逐渐成为促进西方思想发展的又一个核心力量。

第七章

上一章的故事里发生了一场惊心动魄的意外事件——Louisa 在莱姆海岸意外摔伤，昏迷了过去。几天过去了，我们也惦记着 Louisa 的病情，她怎样了，是否恢复了？而 Captain Wentworth 留在莱姆照料她，二人是否因此而确定了他们之间的感情呢？本章，我们将着重讲述小说原文第二卷的第一至二章，来看看 Charles 从莱姆给我们带来了怎样的新消息。

繁闹家庭

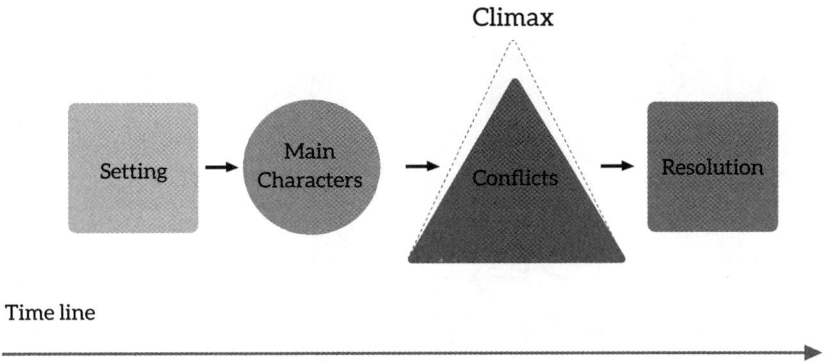
Climax
Setting
Main Characters
Conflicts
Resolution
Time line

记叙文结构图

一、欢闹家庭协奏曲

——章节内容解析

家人聚合

按照约定，Charles 一大早就从莱姆赶了回来，并来到了大宅，给大家带来了好消息。他说 Louisa 恢复得还算不错，这多亏了 Mrs. Harville 的精心照料，她确实是一个非常能干的主妇，几乎什么事情都不留给别人做。听他这么一说，大家稍微安心了些，可是转而又想起一件事而担心了起来。Anne 第二天就要离开这里，搬回凯林奇与 Lady Russell 一起住了。这令大伙儿非常揪心：What should they do without her？ They were wretched comforters for one another.（她走了我们该怎么办啊？我们谁都不太会安慰别人。）这一刻我们更可以体会到 Anne 在大家心中的重要性，她已经从一个默默无闻的辅助角色逐渐变成了一个无法替代的主心骨。其实智慧的 Anne 早就猜到 Musgrove 夫妇一定非常急迫地想去莱姆看望自己的女儿，于是她提出建议，鼓动他们立刻出发前去莱姆。果然，Anne 的意见一出，大家就纷纷响应，准备第二天就出发。

第二天，Anne 很早就起来帮大家收拾行李。在送别他们之后，这昔日繁闹的大宅顿时变得冷冷清清，只剩下她一个人了。我们来看看她此刻的内心独白：**An hour's complete leisure for such reflections as these, on a dark November day, a small thick rain almost blotting out the very few objects ever to be discerned from the windows, was enough to make the sound of Lady Russell's carriage exceedingly welcome**; and yet, though desirous to be gone, **she could not quit the Mansion House, or look an adieu to the Cottage, with its black, dripping and comfortless veranda, or even notice through the misty glasses the last humble tenements of the village, without a saddened heart**. Scenes had passed in Uppercross which made it precious. **It stood the record of many sensations of pain, once severe, but now softened**; and of some instances of relenting feeling, some breathings of friendship and reconciliation,which could never be looked for again, and which could never cease to be dear. She left it all behind her, all but the recollection that such things had been.

这段话的意思是：Anne 百无聊赖地沉思了一个小时——这是 11 月里一个昏暗的日子，一场阴雨模糊了窗外的景物，所以 Lady Russell 的马车声令她十分兴奋。尽管她很想离开这里，但当她看着眼前的大宅与乡舍，看着黑暗潮湿的回廊，甚至当她透过玻璃窗望向那最后几间房屋时，难免会觉得些许悲凉。这里发生的一切都令她十分珍惜，这里有她的回忆，有她的苦楚，虽然这里曾经发生的事情令她悲伤不已，可如今她已经淡然了。那些悄然消逝的感情，那些友谊与关心，那些无法再拥有的经历是多么值得珍惜。她把这一切都留在了这里，同时带走了属于自己的回忆。

在这一整段跌宕起伏的心理描写中，我们首先会注意到在第一个长句中又出现了物作主语的情况：An hour's complete leisure for such reflections as these 为此句的主语，而谓语却隐藏在一个独立主格结构所作的插入语之后：was enough to make the sound of Lady Russell's carriage exceedingly welcome.

句型结构分析

主语	插入语	谓语
An hour's complete leisure for such reflections as these	a small thick rain almost blotting out the very few objects ever to be discerned from the windows	was enough to make the sound of Lady Russell's carriage exceedingly welcome

这句话中，Anne 那静静的等待，与 Lady Russell 的马车声构成对比，一静一动的画面效果就通过奥斯丁的文字巧妙地刻画了出来。紧接着：she could not quit the Mansion House, or look an adieu to the Cottage, with its black, dripping and comfortless veranda, or even notice through the misty glasses the last humble tenements of the village, without a saddened heart. 奥斯丁通过双重否定的句法形式（could not...without...）惟妙惟肖地展现出 Anne 冷静理性的性格特点。因为如果我们直接说"Anne 感到十分悲伤"，就会显得她是一个情绪起伏很大的人；而如果我们说"她不能不感到悲伤"，这就表明她悲伤的情绪是经过克制后才沉淀下来的，也就是说她是一个善于把控自己情绪的人。

此外，在临走之前如此仓促的时间里，她会把这里的一切都看一遍，并且与这里的生活道别：look an adieu to the Cottage, with its black, dripping and comfortless veranda, or even notice through the misty glasses the last humble tenements of the village. 我们可以体会到她是一个非常重感情的人，那些发生在 Uppercross 的一幕幕都深深地印刻在 Anne 的记忆里，令她倍感珍惜：It stood the record of many sensations of pain, once severe, but now softened. 在这一句话中，“stood”一词用得甚是绝妙，它非常生动地刻画出这些记忆将“烙印”停留在 Anne 脑海中，永不褪去。

之后，一连串名词背后的故事更是承载着一段刻骨铭心的回忆：some instances of relenting feeling, some breathings of friendship and reconciliation. 这里发生的一切就这样一幕幕地在 Anne 的脑海中浮现：从她与 Captain Wentworth 的久别重逢， Captain Wentworth 与 Louisa 之间擦出的火花，她与 Captain Wentworth 之间关系的逐渐缓和：他主动帮她抱起趴在她身上的小捣蛋鬼，还有他体贴地让自己的姐姐驾车送她回家……Anne 把属于这里的一切回忆都小心地打包好，带着它们一同走向下一段人生旅程。

重回庄园

时隔数月之后，Anne 与 Lady Russell 再度见面了。许久未见，她们终于有机会可以畅谈一番。Lady Russell 先是夸赞了 Anne：But happily, either Anne was improved in plumpness and looks, or Lady Russell fancied her so.（然而开心的是，Lady Russell 夸赞了 Anne，也许是 Anne 确实变得更加丰润漂亮了，或者是 Lady Russell 感觉 Anne 变得漂亮了。）我们常常使用“fancy”作为形容词时的用法，却不熟悉它的动词词性。这里，我们需要学习一下在牛津字典里“fancy”的三种词性：

Fancy 用法分析

词性	词义	例句
动词	to want sth. or want to do sth. 想要；想做	Fancy a drink？ 想喝一杯吗?
	to believe or imagine sth. 认为；想象	She fancied （that） she could hear footsteps. 她觉得好像听到了脚步声。
名词	something that you imagine; your imagination 想象的事物；想象（力）	a child's wild flights of fancy 孩子的异想天开
	a feeling that you would like to have or to do sth. 想要；爱好	She said she wanted a dog，but it was only a passing fancy. 她说想要一条狗，但这不过是一时心血来潮。
形容词	with a lot of decorations or bright colours 精致的；有精美装饰的；绚丽的；花哨的	fancy goods （= things sold as gifts or for decoration） 精美的小商品（用作装饰或礼品）
	unusually complicated, often in an unnecessary way; intended to impress other people 异常复杂的；太花哨的	He's always using fancy legal words. 他总是使用异常复杂的法律词语。
	expensive or connected with an expensive way of life 昂贵的；奢华的	fancy restaurants with fancy prices 价格昂贵的豪华餐厅

这么多不同的用法，在小说语境中的具体意思，大家一定要靠上下文来判定。

接着，她们就聊起了 Louisa 在莱姆的意外事故。不出所料，Lady Russell 的性格使她对这样轻率的行为很不赞成。在聊天期间，她们时不时地也会提到 Captain Wentworth，为了缓解尴尬的气氛， Anne 干脆直说了 Captain

Wentworth 与 Louisa 之间的暧昧关系。

不过一听此事，Lady Russell 倒是一反往日的冷静，内心变得情绪激动：Lady Russell had only to listen composedly, and wish them happy, but internally her heart revelled in **angry pleasure**, in **pleased contempt**, that the man who at twenty-three had seemed to understand somewhat of the value of an Anne Elliot, should, eight years afterwards, be charmed by a Louisa Musgrove. 这段话的大致意思是：Lady Russell 只能平静地听着，祝愿他们幸福，可是心里却感到既生气又开心，既得意又鄙夷。当年 23 岁的他多少能懂得 Anne 的美好品德，可是如今八年之后，他却被一个 Louisa 给迷住了。

值得注意的是，在这句话中，“angry pleasure”和“pleased contempt”这一对含有相反意思的平行结构突出了 Lady Russell 此时此刻情绪的波澜和矛盾的心理，这与她往常的冷静形成鲜明对比。

电影剧照——Lady Russell

Lady Russell 是一个很看重礼数的人，于是，不久之后她就想到要去凯林奇拜访一下 Croft 夫妇。但是她内心其实是非常尴尬的，因为自己的贵族老友竟然落魄到把房子外租给了别人。不过，与 Lady Russell 不同，Anne 倒是欣然接受了这个计划，她并不觉得把祖宅租出去是一件多么耻辱的事情，因为她明白他们的租客即使不是贵族阶层，也是很好的人。而人品始终是 Anne 心中衡量一切的标杆，也正因如此，她最终收获了幸福。

那一天，她们来到了大宅，受到 Croft 夫妇热情的接待。紧接着，在莱姆发生的事故很快就成了她们聊天的重点。Mrs. Croft 与 Lady Russell 显然都是前一天上午才听说的，彼此交换了一下信息之后，她们都纷纷感叹了起来：As to the sad **catastrophe** itself, it could be canvassed only in one style by **a couple of steady, sensible** women, whose judgements had to work on ascertained events; and it was perfectly decided that it had been the consequence of **much thoughtlessness and much imprudence**; that its effects were most alarming, and that it was frightful to think, how long Miss Musgrove's recovery might yet be doubtful, and how liable she would still remain to suffer from the concussion hereafter! The Admiral wound it up summarily by exclaiming—

"Ay, a very bad business indeed. A new sort of way this, for a young fellow to be making love, by breaking his mistress's head, is not it, Miss Elliot? This is breaking a head and giving a plaster, truly!"

Admiral Croft's manners were not quite of the tone to suit Lady Russell, but they **delighted** Anne. **His goodness of heart and simplicity of character were irresistible.**

这段话可以大致这样理解：她们两位都是理性稳重的人，都以事实为依据来判断事物，所以谈起这次事故来，她们相信这是轻率鲁莽所造成的严重后果，想起来就让人害怕，也不知道 Louisa 什么时候才能痊愈，会不会留下后遗症。最后，Admiral Croft 大声总结道："哎，这件事真是糟糕。一种新的恋爱方式，男生把女孩子的脑袋都要摔破了，我说的对吧，Elliot 小姐？这真是摔破脑袋再给贴上药膏啊！"显然，Lady Russell 不是很喜欢他这样鲁莽的言语，不过 Anne 倒是很喜欢。因为 Anne 明白他是一个善良淳朴的人，而这一点对她来讲就是魅力所在。

首先来看单词"catastrophe"，它一般是指整个人类面对的大的灾难，而在此处奥斯丁用了如此大的词来指 Louisa 的受伤事故，可见这两位女士真的被吓坏了。此外，这句话中有两对反义形容词：it could be canvassed only in one style by **a couple of steady, sensible** women, whose judgements had to work on ascertained events; and it was perfectly decided that it had been the consequence of **much thoughtlessness and much imprudence**. 这里，两位中年女士的稳重、理性与 Louisa 的轻率、鲁莽形成鲜明对比。我们可以猜测一下，其实这两位女士可能都不太欣赏 Louisa 这样性格的女孩子，而是更喜欢 Anne。

接下来，Admiral Croft 的率真幽默，通过他的一句简短的话表现得淋漓尽致：Ay, a very bad business indeed. A new sort of way this, for a young fellow to be making love, by breaking his mistress' s head, is not it, Miss Elliot？ This is breaking a head and giving a plaster, truly! 我们可以注意到在他的话语里几乎没有完整的长句，大多是很短的小句。这样简单爽朗的性格，与 Anne 的父亲和姐姐那样矫揉造作出来的"典雅"形成鲜明的对比。此外，不同于 Lady

Russell，Anne 更喜欢前者：Admiral Croft’s manners were not quite of the tone to suit Lady Russell, but they delighted Anne. 奥斯丁一如既往地用物作主语来描写 Anne，而非是 Anne likes + sb. 的简单句型。这里“delighted”一词，既具有动态性，又突出了 Anne 冷静的性格特点。

最后一句依旧是经典的平行句表达：His goodness of heart and simplicity of character were irresistible，以奥斯丁的语言呈现了出来，其用意仍在于，以句子结构的平行突出 Anne 在评价 Admiral Croft 时内心的平静客观。

接下来，Admiral Croft 就给 Anne“汇报”了一下他们住进这里后的大致状况。他们做的改动很少，只是做了几处修缮。当 Admiral Croft 陈述他所做的改动时，有一个细节特别有趣：I have done very little besides sending away some of the large looking-glasses from my dressing-room, which was your father’s. A very good man, and very much the gentleman I am sure, but I should think, Miss Elliot,（**looking with serious reflection**）I should think he must be rather a dressy man for his time of life. Such a number of looking-glasses! oh Lord! there was no getting away from one’s self. So I got Sophy to lend me a hand, and we soon shifted their quarters; and now I am quite snug, with my little shaving glass in one corner, **and another great thing that I never go near**.

这段话的大致意思是：我的改动很少，只是搬走了你父亲放在梳妆室内的几面大镜子。我确信他是一个十足的绅士，不过，Elliot 小姐，（此时 Admiral Croft 的神情有些紧张）他这个年纪，他一定是一个很爱打扮的人吧——因为这镜子也太多了！我的天哪！你怎么也躲不开自己的影子。所以我让 Sophy 帮我挪走了一些。这下子舒服多了，我只在角落里留了一面小镜子刮脸用，另外一个大家伙我从不靠近。

这里，奥斯丁用非常幽默诙谐的语言生动形象地描绘了 Admiral Croft 的率真，尤其是加粗的这两句话，非常细腻地刻画出他矛盾的内心活动，既忍不住“吐槽”，又怕得罪 Anne。另一方面，Anne 父亲 Sir Walter 那副自恋高傲的嘴脸再一次鲜活了起来。

夫妻斗嘴

Musgrove 夫妇来到莱姆不久，Louisa 的病情就有了明显的好转。她可以坐起来了，虽然她恢复得很快，但是身体依旧很虚弱，不适合长时间坐车。同时，Musgrove 夫妇和 Harville 夫妇相处得非常融洽，双方都十分热情慷慨。

不出所料，Mary 夫妇是最先回来的，尽管 Mary 觉得自己在 Mrs. Harville 的关照下过得还算愉快。他们一回来就前来拜访 Anne 和 Lady Russell，Anne 顺便问起了 Captain Benwick 的情况，结果 Charles 和 Mary 就开始了一番关于 Captain Benwick 是否喜欢 Anne 的争论：

“Oh! he talks of you,” cried Charles, “in such terms...” Mary interrupted him. “I declare, Charles, I never heard him mention Anne twice all the time I was there. I declare, Anne, he never talks of you at all.”

“No,” admitted Charles, “I do not know that he ever does, in a general way; but however, it is a very clear thing that he admires you exceedingly. His head is full of some books that he is reading upon your recommendation, and he wants to talk to you about them; he has found out something or other in one of them which he thinks—oh! I can not pretend to remember it, **but it was something very fine**—I overheard him telling Henrietta all about it; and then 'Miss Elliot' was spoken of **in the highest terms**! Now Mary, I declare it was so, I heard it myself, and you were in the other room. **'Elegance, sweetness, beauty.' Oh! there was no end of Miss Elliot's charms.**"

"And I am sure," cried Mary, warmly, "it was a very little to his credit, if he did. Miss Harville only died last June. Such a heart is very little worth having; is it, Lady Russell？ I am sure you will agree with me."

这段话可以这样理解："哦！" Charles 喊道，"他经常这样谈论你……" Mary 立刻打断了他："我在那儿待了这么久，我敢说他提到 Anne 的次数还不到两次，我敢说，Anne，他从来都没提到你。"

"是这样，" Charles 认同说，"我不太清楚他什么时候谈论过你，不过很明显他欣赏你，因为他脑子里都是你给他推荐的书，他很想和你谈论它们，或是谈论他自己从中获得的新点子——哦！我记不太清了，不过确实是一个很好的点子——我听到他告诉了 Henrietta，接下来我就听到他使劲称赞 Anne。现在我记起来了，Mary，我敢说就是我亲自听到的，当时你在另外一个房间。'优雅，甜美，动人。'哦！ Elliot 小姐的魅力真是无穷。"

"我敢说，" Mary 大声喊道，"他这样做其实并不好，Harville 小姐才刚刚过世，他就打 Anne 的主意，这份心意并不值得珍惜对吧，Lady Russell？我想你一定认同我的看法。"

对于这两个人的争吵，Lady Russell 保持着客观理性的态度，说是等她亲自见到 Captain Benwick 才可以作出判断。从这一段有趣的对白中，我们还可以看出这对夫妇的性格有着明显的不同。Charles 是个热心肠，大大咧咧的，总是希望别人好；可 Mary 就不同了，一听自己的丈夫在撮合自己的姐姐和 Captain Benwick，她就很不开心。一方面，她可能觉得 Captain Benwick 配不上自己家族的地位；另一方面，又因为 Captain Benwick 喜欢 Anne 而不是自己，所以又心生嫉妒。Mary 这样复杂的心性几乎同她的父亲如出一辙，而与 Musgrove 一家的简单质朴却截然相反。从 Charles 的语言中可以发现，他的词汇几乎都是口语化的小词：but it was something very fine、in the highest terms 、Oh! there was no end of Miss Elliot's charms. 他的话与后面他所转述的 Captain Benwick 的话 "Elegance, sweetness, beauty" 十分不同。可见 Charles 在学识上是远不及 Anne 的，可即便如此，Anne 依然更喜欢 Musgrove 这一家人，简简单单，热热闹闹。

电影剧照——Louisa 姐妹俩昔日在家中奔跑

这一章里还讲到了 Anne 与 Lady Russell 到 Mr. Musgrove 家拜访时的情景，Musgrove 一家人从莱姆回来后，有一段关于这个繁闹家庭的具体描写：Immediately surrounding Mrs. Musgrove were the little Harvilles, whom she was sedulously guarding from the tyranny of the two children from the Cottage, expressly arrived to amuse them. On one side was a table occupied by some **chattering** girls, cutting up silk and gold paper; and on the other were tressels and trays, bending under the weight of brawn and cold pies, where **riotous** boys were holding high revel; the whole completed by a roaring Christmas fire, which seemed determined to be heard, in spite of all the **noise** ofthe others. Charles and Mary also came in, of course, during their visit, and Mr. Musgrove made a point of paying his respects to Lady Russell, and sat down close to her for ten minutes, talking with a very **raised voice**, but from the **clamour** of the children on his knees, generally in vain. It was a fine family–piece.

这段话的意思是，Harville 家的几个小孩子紧紧围在 Mrs. Musgrove 身边，Mrs. Musgrove 保护着他们不被乡舍里两个来逗他们玩的孩子欺负。几个叽叽喳喳的小女孩围在一张桌子旁边做手工；一群男孩子正在大呼小叫地玩闹着。旁边架子上摆满了腌肉和冷馅饼，都快把架子压弯了。还有那呼呼燃烧着的圣诞火焰，让屋子里显得更加喧闹了。在 Charles 和 Mary 到访期间，Mr. Musgrove 一心想向 Lady Russell 表示敬意，在她旁边坐了十分钟，可是坐在他膝盖上的小孩儿太吵了，无论他怎么提高嗓门对方都听不清。这番场景多像一支绝妙的家庭狂欢曲啊！

这段中的“chattering”“riotous”“noise”“clamour”可以彰显氛围的

繁闹，然而，喜欢安静的Lady Russell在回去的路上就对Anne说："以后可不能赶在圣诞节来这里了。"

回去后不久，Anne就收到了姐姐的来信，信中提到Mr. Elliot一反常态，频繁地登门拜访。Lady Russell便好奇地想见见他，并且Anne也没有反对。我们期待着，在接下来的章节里，Anne会与堂兄发生什么样的故事呢?

二、走出思维定式是维护自我之道
——奥斯丁的“自我”

在本章的故事里，我们发现 Musgrove 一家的欢闹与 Anne 自己家的冷清给了读者完全不一样的感受，可是 Anne 却可以很顺利地适应新环境，逐渐融入其中，并且获得了越来越多的尊重。她是如何做到的呢？我们来看看她成功的一个秘诀——走出思维定式。

我们回忆一下前面的故事，就会发现原生家庭给每一个人的影响都是无处不在的。我们无法改变原生家庭状况这一既定事实，而我们唯一能做的，就是尝试走出思维定式，接纳不同。原生家庭带给 Anne 的关于社会等级的思想观念是根深蒂固的，比如她在看待 Mrs. Clay 与父亲的关系时，十分在意贵族出身的父亲与平民出身的 Mrs. Clay 之间身份的悬殊。可是，当她被 Musgrove 一家的温暖热情感动的时候，她就勇于走出思维定式，接纳这一家人的平民身份，开心地与他们相处，自己也收获了温暖。

而与她来自同一原生家庭的 Mary 就不同了，她似乎始终瞧不上这一家人，总是纠结于自己的贵族身份与婆家平民身份的落差。尽管已经与 Charles 结婚，她却始终摆出一副高高在上的姿态，每次吃饭一定要坚持坐在主座上，让婆婆坐在次座上。我们也能看出来，这样的她，得不到大家的尊重，更得不到太多的温暖。

电影剧照——Anne 的原生家庭，最下方为 Sir Walter

除了走出家庭的思维定式，我们还要像 Anne 一样走出日常生活的思维定式。比如，当所有人看到 Louisa 摔倒而不知所措的时候，Anne 可以站出来出谋划策，先找医生，再安抚大家。回来后，Anne 又建议 Musgrove 夫妇前去莱姆看望女儿，而不是在家里每天焦灼地等待别人带来讯息。她总是在日常生活中帮助大家解决难题，一次次赢得大家的尊重。走出思维定式，我们可以拥有创新思维，给社群提供更大的帮助，从而自己也获得尊重。

最后，我们要走出对人与物判断的思维定式。比如， Anne 其实一直囿于对 Wentworth 的昔日情爱，可当希望逐渐渺茫时，她勇于走出来，试着去接触 Captain Benwick——There can be no doubt that Lady Russell and Anne were both occasionally thinking of Captain Benwick, from this time. Lady Russell could not hear the door-bell without feeling that it might be his herald; nor could Anne return from any stroll of solitary indulgence in her father's grounds, or any visit of charity in the village, without wondering whether she might see him or hear of him. Captain Benwick came not, however.

这段话的大致意思是：毫无疑问，从此刻开始 Lady Russell 和 Anne 都会时常想起 Captain Benwick，Lady Russell 每次听到门铃声都会觉得是不是他来了，Anne 每次散步或者访问回来也都会猜想他会不会来，或者期待听到他的消息。可是 Captain Benwick 却一直没有来过。

从这里我们可以看到，Anne 其实是在努力地忘掉往事的羁绊，勇敢地走出去，去接触新的人，迎接新的人生。总之，我们走出思维定式，才能给自己机会，让自我得以发展，因为一个发展饱满的自我才是真正的自我。

三、科学的繁盛

——快速串联西方思想史

在本章的故事里，我们讲述了 Musgrove 一家圣诞前夕的繁闹场面。而思想史中的一个重要的繁盛局面，出现在文艺复兴时期的科学领域。首先是哥白尼的科学革命。在意大利学习的哥白尼恰好处在文艺复兴的巅峰，新思想的浪潮推动着他努力探寻关于行星运动的规律。他发现托勒密在研究天体运动时，因为思路不够清晰，计算非常冗杂，虽然进行了复杂的矫正设计，却始终无法精确预知所观察的天体的运行位置。

哥白尼信仰新柏拉图主义，他崇拜毕达哥拉斯的学说，相信可以通过简洁而和谐的数学公式来表达与理解自然规律，于是，在这些想法的驱动下，他开始全面考察古代科学文献。他发现，亚里士多德的地心说并不是希腊人唯一的看法，其实之前很多希腊的哲学家就提出过日动说。于是，哥白尼依据这种假说，在新柏拉图派重视太阳理论的启发下，得出了日心说的假设，并且以简明的数学模式加以证明。然而，这一新的宇宙观动摇了宗教思想的地位，激起了宗教界的猛烈攻击，哥白尼的《天体运行论》也被列入禁书名单。

哥白尼画像

当然，哥白尼的理论还有很多内在的矛盾。他在《天体运行论》中唯一的重要创新就是提出了地球是一颗行星，除此之外，该书大体还是依照古代和中世纪的天文传统。直到开普勒与伽利略的探索，日心说的假说才有了更为确切的理论支撑。

开普勒也同样是新柏拉图主义的信仰者，他认为几何与数学形式具有超乎寻常的魔力，他也相信太阳是至高无上的象征，因此他推断哥白尼的假说里有着一种比日心说所强调的更伟大的理论，他认为如果抛开《天体运行论》中依旧存在的托勒密假设的成分，哥白尼假说便是一个全新的直接通往和谐宇宙的科学认知。

开普勒画像

在大概十年的时间里，开普勒夜以继日地试图用罗马数学家及天文学家第谷的观测数据来验证每一个设计出来的圆周运动体系。经历多次失败之后，他不得不得出结论，真正的运行轨道可能并非圆形的。在欧几里得等几位数学家的理论的基础之上，开普勒发现观测数据与椭圆形轨道相吻合，随后他设想并确立了三条定律，证明了不同行星轨道的相互关系。于是，开普勒终于解决了这个行星运动的古老问题，他以椭圆轨道取代托勒密的圆形轨道，证明了哥白尼假说的正确性。

由于开普勒的研究成果，哥白尼革命得到了理论依据与数学支撑。无独有偶，1609 年，也就是开普勒发表关于行星运动规律的同一年，伽利略用一架刚刚制好的望远镜观测出了月球表面的环形山，太阳上的黑子，围绕木星旋转的四颗卫星，这都为哥白尼假说提供了更加有力的论证。[①] 有了望远镜，让原本玄妙的星空呈现为实实在在的物质世界。伽利略带着那个时代的人们再一次突破了宗教的束缚，开拓了一片更璀璨的星空。

伽利略画像

这一系列的科学革命使得培根认识到了实验对于揭示自然奥秘的意义。在《新工具》这一著作中，他提出科学研究应该使用以观察和实验为基础的归纳法。培根的归纳法对于后来的科学发展影响深远，并且在某种程度上促进了英国思想史上经验论的产生，我们将在下一章节详细介绍。

① 参见 [美] 理查斯 · 塔纳斯：《西方思想史》，吴象婴等译，上海社会科学院出版社 2021 年版。

接着，牛顿对于自然科学发展的贡献可以说是轰动世界的。1687 年，在他发表的论文《自然定律》里，对万有引力和三大运动定律进行描述分析，之后又撰写了《自然哲学的数学原理》《光学》等，这些内容为此后三个世纪的物理学科学的发展奠定了坚实的基础。

第八章

上一章的故事中，Anne 在圣诞之际感受到了 Musgrove 一家的欢闹与温馨；而当她回到巴斯，同父亲与姐姐相处时，是否又会回到冷冰冰的气氛之中？本章将对应小说原文第二卷的第三至五章，讲述 Anne 来到巴斯之后发生的故事。

再回巴斯

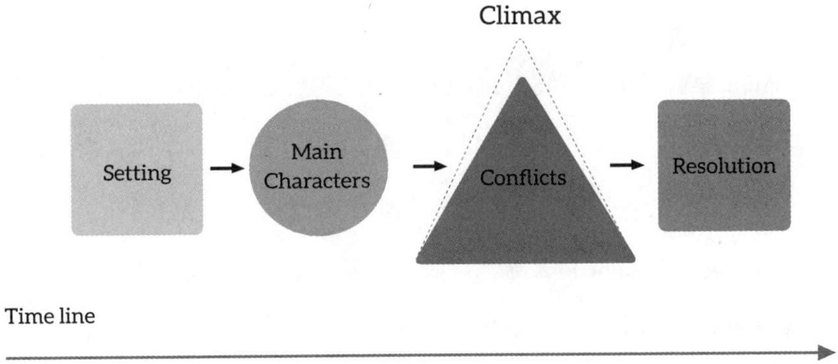
Climax
Setting
Main Characters
Conflicts
Resolution
Time line

记叙文结构图

一、友情若只如初见

——章节内容解析

家庭氛围

Anne 早就设想，不同于 Musgrove 一家的欢闹温暖，自己在巴斯的家一定会是冷清的。然而，一到巴斯，父亲与姐姐为了向她炫耀新房子，竟然显示出难得的热情友好，这着实出乎 Anne 的意料。这里，奥斯丁以极具讽刺的笔法突出了 Anne 的父亲与姐姐的表现，他们因挥霍财产而不得不出租房屋，却不以为耻，反以为荣：Mrs. Clay was very pleasant, and very smiling, but her courtesies and smiles were more a matter of course. Anne had always felt that she would pretend what was proper on her arrival, but the complaisance of the others was unlooked for. They were evidently in excellent spirits, and she was soon to listen to the causes. They had no inclination to listen to her. After laying out for some compliments of being deeply regretted in their old neighbourhood, which Anne could not pay, they had only a few faint enquiries to make, before the talk must be all their own. Uppercross excited no interest, Kellynch very little: it was all Bath.

这段话的大致意思是：Mrs. Clay 十分热情，满面笑容地迎接 Anne。这一点 Anne 可以猜到，因为这位外来客要对自己热情，这是理所当然的事情。然而父亲和姐姐对自己多礼却完全出乎她的预料。很明显，大家都很高兴——Anne 马上就会明白他们为何这么高兴了。尽管他们并不想耐心听 Anne 谈话，但似乎却想从 Anne 嘴里听到他们的老邻居有多么想念自己，然而这些却是 Anne 没办法编造来哄骗他们的，于是他们随便询问了几句之后就开始了自己的话题。他们对 Uppercross 和 Kellynch 都不感兴趣，谈来谈去全是巴斯。

在这段话里，我们可以注意到英文写作中的两个难点，一个是代词的用法，另一个是物作主语的用法。先来看这句话中的三个代词：Anne had always felt that **she** would pretend what was proper on **her** arrival, but the complaisance of **the others** was unlooked for. 第一个代词 she 指的是 Mrs. Clay，第二个代词 her 指的是 Anne 自己，而第三个替代词 the others 指的是 Anne 的姐姐和父亲。

再来看这句：Uppercross excited no interest, Kellynch very little: it was all Bath，不同于我们常用的句型"sb.+find+sth.+no interest"，奥斯丁以地点 Uppercross 和 Kellynch 作主语，借此表达 Anne 的父亲和姐姐对这两个地方的人和事不感兴趣，从而增加了句法的多样性。

接下来，父女俩就开始向 Anne 炫耀：这套房子里的家具陈设是多么富丽堂皇，街坊邻居们是多么想来拜访，当然更多的还是炫耀 Mr. Elliot。Anne 了解到，Mr. Elliot 不仅得到了父亲的原谅，而且还得到了一家人的喜爱，因为他解释了自己之前疏远他们的原因。他这样解释：彼此疏远后，他担心自己被这一家族的家主抛弃了，但是不明白其中的原因，又不好意思询问；他从未想要脱离家族，并且一直都对外界炫耀自己家族的荣誉。至于他当年之所以没有娶 Elizabeth 也是事出有因。Sir Walter 告诉 Anne，他从 Wallis 上校口中听说，因为 Mr. Elliot 的妻子多才多艺，又很有钱，而且主动追求 Mr. Elliot，才令他招架不住的。这样一来，他们就认为整个事件 Mr. Elliot 都是情有可原了。

然而 Anne 并不能完全信服。她觉得 Mr. Elliot 突然转变态度一定还有别的理由。目前，她只有一个猜测，那就是 Mr. Elliot 一切都是为了姐姐 Elizabeth。因为 Anne 猜想 Mr. Elliot 之前或许真的爱过 Elizabeth，不过因贪图钱财只好忍痛割爱，而如今终于有机会重拾旧爱了。Anne 了解姐姐的性情，而 Mr. Elliot 未必真正了解 Elizabeth，所以 Anne 甚至担心 Elizabeth 的秉性能不能经得起 Mr. Elliot 的近距离考察：Most earnestly did she wish **that** he might not be too nice, or too observant if Elizabeth were his object; and **that** Elizabeth was disposed to believe herself so, and **that** her friend Mrs. Clay was encouraging the idea, seemed apparent by a glance or two between them, while Mr. Elliot's frequent visits were talked of.

这段话的大致意思是：如果 Mr. Elliot 真的爱上了自己的姐姐，Anne 真的很希望 Mr. Elliot 不要太挑剔。Elizabeth 自认为 Mr. Elliot 爱上了自己，Mrs. Clay 也怂恿她这么想。当大家谈论 Mr. Elliot 的拜访时，她们之间的眼神交流便可说明一切。

在这段话中，that 的用法值得我们注意：首先第一句 Most earnestly did she wish **that** he might not be too nice, or too observant if Elizabeth were his object 中的 that 是引导宾语从句，从而表达 wish 的内容；而第二句话中两个 that 都是引导主语从句：and **that** Elizabeth was disposed to believe herself so, and **that** her friend Mrs. Clay was encouraging the idea.

that 用法分析

that 引导宾语从句	**that** he might not be too nice, or too observant if Elizabeth were his object
that 引导主语从句	**that** Elizabeth was disposed to believe herself so
	that her friend Mrs. Clay was encouraging the idea

除此之外，我们还要学习英文表达里的视角人物，比如在这两个主语从句里，虽然 Anne 没有出现，但这里潜在的观察者仍是 Anne，是她观察到 Mrs. Clay 和 Elizabeth 之间的眼神交流，于是 Anne 就是这里所说的视角人物。

紧接着，Anne 提起自己之前在莱姆与 Mr. Elliot 有过一面之交，可惜没人注意听——Anne mentioned the glimpses she had had of him at Lyme, but without being much attended to. 接下来，Sir Walter 就开始长篇大论地评论大家的容貌，实在可笑：从夸赞 Mr. Elliot 的面庞，到赞美 Mrs. Wallis 的相貌，再到讽刺巴斯大街上丑女过多，看不到帅哥美女，似乎他眼里只有表面的颜值，从来没有人品和内心世界。

此外，我们可以体会到父女俩（Anne 的父亲和姐姐）没有追求自身幸福的能力，要么靠着入不敷出的花销，要么就靠别人对他们的奉承，比如 Mr. Elliot 和 Mrs. Clay。他们看人仅仅依据容貌判断，毫无判断力可言。可 Anne 和他们不一样，她可以靠“自我”获得幸福。

没想到，Sir Walter 的话被一阵敲门声打断——已经晚上十点了，Mr. Elliot 竟然又来拜访。紧接着，Sir Walter 向 Mr. Elliot 介绍了自己的女儿 Anne，Anne 这才发现 Mr. Elliot 原来一直不知道自己是谁。随后他们一起聊起了在莱姆的意外见面，Anne 提到了 Louisa 的那场事故，大伙一起询问着原委，不过 Anne 可以观察出来，和 Lady Russell 相比，他们才不真正关心朋友的安危。

一个小时之后，Mr. Elliot 可算离开了。Anne 万万没想到，来巴斯的第一天竟然过得这么愉快！

电影剧照——Anne

完美堂兄

当 Anne 与家人会合后，她明白，有一点非常令人欣慰——不是知道 Mr. Elliot 爱上了 Elizabeth ，而是知道了父亲并没有爱上 Mrs. Clay：There was one point **which** Anne, on returning to her family, would have been more thankful to ascertain even than Mr. Elliot's being in love with Elizabeth, **which** was, her father's not being in love with Mrs. Clay.

这句话中的第一个 which 是用来引导修饰 one point 的从句，而第二个 which 则是用来引导具体说明 one point 的同位语从句 her father's not being in love with Mrs. Clay。从而我们可以体会到其实 Anne 的阶级观念也十分强烈，她觉得 Mrs. Clay 与父亲的阶级地位不匹配，从而反对他们的亲密关系。紧接着，Sir Walter 又开始谈论 Anne 的外貌了，夸她变得漂亮了，并推测她是不是用了高兰洁面乳。在 Anne 否认之后，他就颇有经验地推荐了一款洁面乳——certainly you cannot do better than to continue as you are; you cannot be better than well; or I should recommend Gowland, the constant use of Gowland, during the spring months.（当然，你最好可以保持现在的容颜和状态，不然我就建议你使用高兰洁面乳，在春季持续使用。）我们也是不得不感叹 Sir Walter，这位爵爷竟对化妆品有如此深入的研究！

通过几天的相处，Mr. Elliot 也博得了 Lady Russell 的欢心——His manners were an immediate **recommendation**; and on conversing with him she found the **solid** so fully supporting the **superficial.**（他的举止赢得了她的欢心，交谈之后，Lady Russell 更是发现他表里如一。）在这句话中，我们需要重点解释以下三个单词的原始含义和在文章中具体语境下的引申义：

recommerdation、solid 和 superficial 的原义和引申义

单词	原义	文中引申义
recommendation（n.）	1.an official suggestion about the best thing to do	为自己赢得别人的夸赞
	2.the act of telling sb. that sth. is good or useful	
	3.a formal letter or statement that sb. would be suitable for a job	
solid（n. & adj.）	1.a substance or an object that is solid, not a liquid or a gas	内心的真实想法
	2.hard or firm, strong and made well	
	3.sth. that you can rely on, having a strong basis	
superficial（adj.）	1.appearing to be true, real until you look at it more carefully	外表、言谈举止（the superficial）
	2.not concerned with anything serious or important and lacking any depth of understanding	
	3.not studying or sth. thoroughly, seeing only what is obvious	

这样一来，Lady Russell 对 Mr. Elliot 的喜爱之情完全压过了她对 Mrs. Clay 的厌恶之感，并且她急切地希望 Anne 可以和 Mr. Elliot 走到一起。听 Lady Russell 提到这一点，Anne 只是笑了笑，最后还提了一下姐姐 Elizabeth——Anne presumed, however, still to smile about it, and at last to mention "Elizabeth". 看到 Anne 这样的反应，Lady Russell 不以为然地说道：Elizabeth! very well; time will explain.（Elizabeth！ 等着瞧吧，时间会证明一切。）

接下来，我们注意看这句话：It was a reference to the future, which Anne,

after a little observation, felt she must submit to.（Anne 经过一番思索，认为这件事只有再过一段时间之后才会见分晓。）我们可以看到奥斯丁以 a reference to the future 来呼应前文的 time will explain，非常自然地实现了前后衔接。这一点，值得我们在平常的英文写作中学习与借鉴。

几天相处下来，Anne 觉得自己与 Mr. Elliot 很合拍，并且还说他是她在巴斯最要好的朋友，甚至可以说：she saw nobody equal to him.（谁都比不上他。）然而，这样轻松的家庭气氛被一个新闻打破——Lady Dalrymple 和她的女儿 Miss Carteret 来到了巴斯，她们可是 Anne 家特别高贵的表亲。话说多年之前，在 Lady Dalrymple 的丈夫去世的时候，由于 Sir Walter 正在生一场重病，所以 Sir Walter 夫妇没有顾上对 Lady Dalrymple 礼貌性地吊唁，结果后来 Anne 的母亲 Lady Elliot 去世时，Lady Dalrymple 也就没有任何表示，之后双方的关系似乎已经终结了。这样一来，如何能够不失体面地修复关系便成了一件头疼的事情。于是 Sir Walter 写了一封诚挚的信，解释一下，希望修好。

好在 Sir Walter 寄出信后不久，他们就收到了 Lady Dalrymple 的回信，信中说："深感荣幸，很乐意结识你们。"看着父亲与姐姐在收到回信时激动不安的神情，Anne 深感羞耻，因为她觉得 Lady Dalrymple 在气质和才识上并没有什么了不起的，于是她大胆地告诉 Mr. Elliot 自己的真实想法—— My idea of good company, Mr. Elliot, is the company of clever, well-informed people, who have a great deal of conversation; that is what I call good company.（我认为好的伙伴应该是智慧的、有才学的，并且善于沟通的人。）话音刚落，只听 Mr. Elliot 回应道："You are mistaken," said he gently, "that is not good company; that is the best."（你说的不对，这不是好的伙伴，这是

最好的伙伴。）

从这一段对话里我们可以看出 Mr. Elliot 思维缜密、谈吐得体幽默的特点。他欲扬先抑，表面上看他似乎在说 Anne 不对，实际上则是夸赞和奉承。他一方面对 Anne 表示理解，另一方面又向 Anne 解释 Sir Walter 结识 Lady Dalrymple 的益处，就是通过扩大交际圈来斩断 Sir Walter 与 Mrs. Clay 的亲密接触。他话里话外流露出自己对 Mrs. Clay 这样地位低的人没有好感。听了这番话，Anne 更确认 Mr. Elliot 是真心对父亲好。这样一来，Anne 对他又增加了些许好感。

电影剧照——Lady Russell 与 Anne 出席 Lady Dalrymple 的宴会

旧友重逢

正当所有人都在拼命巴结 Lady Dalrymple 一家时，Anne 却想起了自己的老朋友。因为在她去拜访曾经的老师时，听老师说起了自己的老同学——

Mrs. Smith。她在上学时曾经对Anne很好，尤其是Anne失去母亲后独自离家来到学校时，她给了Anne很多温暖。然而在那不久后，Mrs. Smith就离开了学校，嫁给了一个有钱人，可丈夫一向挥金如土，如今她成了穷苦的寡妇，还不幸得了严重的风湿病，过着与世隔绝的生活。

听了老师的这番话，Anne决定立即去拜访Mrs. Smith。两人一见面便重拾了昔日的友情——their acquaintance re-established, their interest in each other more than re-kindled. 这里奥斯丁通过两个结构相同的词语re-established和re-kindled，生动地展现出她们之间的深切情谊。交谈许久后，Anne发现Mrs. Smith身上有一处可贵的优点——无论她经历了多少磨难，无论她的处境有多么凄凉，她都可以做到豁达、乐观地面对生活；她会让Rooke护士教自己做一些小手工，比如编织针线盒等，来充盈自己的生活。

在Anne拜访了Mrs. Smith几次后，全家才知道有Mrs. Smith这么一个人。一天上午，Lady Dalrymple发来请帖，邀请她们全家晚上前去赴宴，然而Anne与Mrs. Smith早就约定好了晚上要见面，于是Anne便谢绝了Lady Dalrymple的邀请，说自己要去看望老同学。谁想到，Sir Walter在向Anne打听了Mrs. Smith一番后，就开始了一顿冷嘲热讽：Miss Anne Elliot, you have the most extraordinary taste! Everything that revolts other people, low company, paltry rooms, foul air, disgusting associations are inviting to you. 我们可以这样理解：Anne你的喜好可真是不一般啊！别人所厌恶的那些低贱的同伴、简陋的屋子、污浊的空气，对你却很有吸引力。如此一来，Sir Walter那副自恃清高的嘴脸再一次跃然纸上。

但是无论父亲怎么说，Anne仍然坚持按照约定去找Mrs. Smith。回来之后，Lady Russell 向她一五一十地讲述了一遍晚宴的经过，那真是十足地无聊。因为 Mr. Elliot 能够处处周到，Lady Russell 似乎更加喜欢他了。在此期间，Lady Russell 提到 Anne 是为了去看望老同学而没能来参加晚宴，Mr. Elliot 更认为 Anne 是一个心灵高贵的女孩子。如此一来，Lady Russell 便开始幻想 Mr. Elliot 向 Anne 求婚的场面，她认为这必定是美好的姻缘——A most suitable connection everybody must consider it, but I think it might be a very happy one，并且还向 Anne 解释，这样的话她就可以继承她母亲的位置，成为凯林奇永远的女主人了。

尽管这样的未来一瞬间令 Anne 心动了，不过片刻之后，她就冷静了下来。她明白，她与 Mr. Elliot 是不合适的，因为她怀疑他对于过去的种种解释。更重要的是，Anne 观察到 Mr. Elliot 一直平静如水，没有感情上的喜怒哀乐——这是一件很可怕的事情，因为这样的人缺少真诚。之前的故事里我们了解到，Anne 喜欢像 Musgrove 一家那样率真的人，虽然有时说话有些不得体，却比像 Mr. Elliot 这样八面玲珑、从未犯过错的人更让人安心——Mr. Elliot was rational, discreet, polished, but he was not open. There was never any burst of feeling, any warmth of indignation or delight, at the evil or good of others. This, to Anne, was a decided imperfection.

我们可以注意到奥斯丁在描写 Anne 的内心活动时，都不会以 Anne 作主语，以此来体现 Anne 在分析问题时的冷静客观。而后文的 Lady Russell 就不同了，在这个问题上，她明显没有 Anne 客观，于是在她说话的行文中一直都是她自己作主语，因为她都是从自身角度出发来推测的——**she** saw nothing to excite distrust. **She** could not imagine a man more exactly what he ought to be than Mr. Elliot; nor did **she** ever enjoy a sweeter feeling than the hope of seeing him receive the hand of her beloved Anne in Kellynch church, in the course of the following autumn.

我们可以这样理解：Lady Russell 觉得 Mr. Elliot 没什么可怀疑的，她无法想象还有比 Mr. Elliot 更完美的男子。她每每想到秋天就可能看到 Anne 与他在凯林奇教堂举办婚礼，心里再高兴不过了。除此之外，句子中两处否定 + 比较级表示最高级的用法，更是突出了 Lady Russell 在这个问题上情绪化、不客观的反应。

二、形成自己的判断
——奥斯丁的“自我”

在上一章的故事里，我们看到了 Anne 如何在逆境中保持自我，在最痛苦的时候努力让自己的心境平和，最终走出了困境。在这一章的故事里，她来到了巴斯，身边多了很多朋友。在这样一个比较快乐的时期，她依然带着自己内心的那种平静去观察，去判断。我们本节就来探索她是如何做到时刻保持冷静，形成自己的判断的。我们就拿 Anne 对 Mr. Elliot、Mrs. Smith，以及 Mrs. Clay 这三个典型人物的评判为例。

首先对于 Mr. Elliot，在所有人都夸赞他，甚至连 Anne 最信任的 Lady Russell 都评价他是一个完美的人的时候，Anne 依然保持冷静的分析，从而判断出这个人有不可靠的一面。第一，Anne 发现 Mr. Elliot 过去的所作所为，和如今的行为之间存在极大的反差：过去他对于自己的家人很疏远，而如今却是主动巴结，所以 Anne 怀疑他是否真的洗心革面，还是有什么其他不单纯的目的。第二，Anne 观察到他从来都没有情绪的波动，从来不会暴露自己秉性的任何弱点，他的行为举止太过完美，所以她觉得这一点本身就是最大的缺点。

我们再来看看 Anne 对 Mrs. Smith 的判断。在父亲和姐姐激烈地挖苦 Mrs. Smith 时，Anne 完全不受他们的干扰，保持自己思路的清晰，保持自己理性的判断。因为 Anne 心里很清楚，尽管 Mrs. Smith 没有像 Lady Dalrymple 那样的社会地位，但是她有美好的品德，并且有一颗乐观向上的心，在经历重重磨难之后，她依旧可以笑对生活，从来不会自艾自怜，这一点是 Anne 最看重的。也正是因为如此，在所有人都拼命高攀 Lady Dalrymple 的时候，Anne 却谢绝了 Lady Dalrymple 的晚宴邀请，独自一人前去拜访 Mrs. Smith。因为在 Anne 的心里，Lady Dalrymple 空有其表，没有才华和学识。

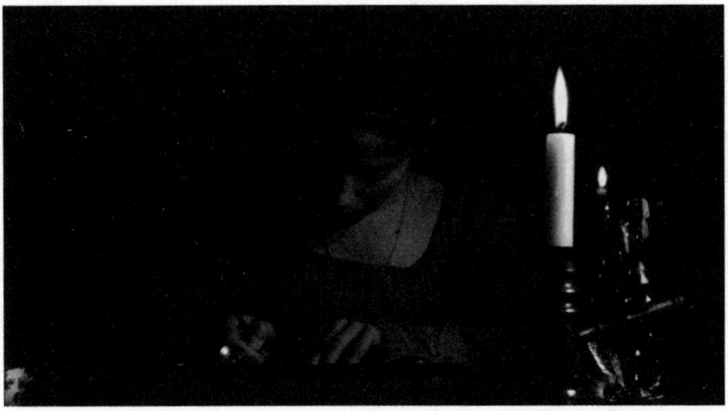

电影剧照——Anne

最后我们来看 Anne 对于 Mrs. Clay 的判断。Anne 的观点从来不会随波逐流，她依旧没有受姐姐的干扰，因为她除了认为 Mrs. Clay 的社会地位和父亲不匹配之外，还观察到 Mrs. Clay 在拼命讨好父亲和姐姐甚至自己，这些就显现出一副算计的嘴脸，令人怀疑她的意图。俨然，在经历磨难收获成长之后，Anne 更加成熟理性了，她懂得保持自我的同时，冷静地观察周围人，使自己的判断更加客观立体、更加达观自如。

三、启蒙人类的经验主义

——快速串联西方思想史

在本章的故事里，Anne 不是依靠教条或者别人的成见，而是依靠自己的经验，从而形成自己对周围人和事的判断，以及自己的择友准则。可见，她始终保持着“自我”。从 Anne 特别重视依据经验的这一认知方式，再回到思想史的相关议题，其实在整个人类的思想发展历程里，理性主义至关重要，而所谓的“经验论”是其中的一个重要分支。我们对理性主义的介绍就先从英国的“经验论”说起。

首先，英国思想家洛克对于“经验”的诠释，起着举足轻重的作用。在 18 世纪那场席卷欧洲的启蒙运动浪潮中，人类的理性得到史无前例的重视，与牛顿同时期的英国哲学家洛克，则是推进这一运动的至关重要的人物。洛克是培根的思想继承者，又在培根的基础上发展了经验主义的原则，从而为启蒙运动奠定了理性主义的基调。他提出，一切关于世界的认知最终都是以经验为基础，经验是知识的最终源泉。理性是需要依托在经验之上的，而不是从自身出发的胡编乱造。他反对笛卡尔提出的关于“pre-existing”（先于存在）的观点，认为一切认知都是通过亲身体验或者感官感知（sense perception）的实践与经历（experience）所获取的。

洛克画像

贝克莱画像

然而，洛克的理论在一些人眼里存在漏洞。贝克莱就提出，洛克所倡导的经验，其实都只不过是局限于人类心灵的表象，他反而认为在心灵之外，还存在着一个物质世界——所谓的“存在”。而这一“存在”也并非意味着“有一个物质的实体”，而是那种“被心灵所感知”的“存在”。[①] 贝克莱认为，物质的客观性之所以存在，不同的个体之所以可以对同样的物质形成相同的认知，是因为有一个能够超越个体心灵的普遍心灵——上帝的心灵。与此同时，他提出事物的存在是基于我们认知的基础的。比如苹果或者桌子，我们只有通过思想（mind）感知（perceive）到它们，它们才真正“存在”于世界之中。

① 参考［美］理查斯·塔纳斯：《西方思想史》，吴象婴等译，上海社会科学院出版社2021年版。

苏格兰哲学家休谟进一步强调，人类掌握的所有知识都是通过经验（experience）获取的。同时，他认为归纳原理的本质并非理性主义，而是我们思想之习惯（mental habit）。此外，他认为我们所能认知的一切因果关系，都是基于我们的亲身实践，从而能够切身体会到事件 A 的发生会导致事件 B（结果）的发生。

休谟画像

与英国“经验论”相对应的便是欧洲大陆的“唯理论”。与“经验论”的归纳法不同，“唯理论”更强调从天赋观念出发，运用演绎法推导出无限知识，其重要代表人物之一就是笛卡尔。他提出了“我思故我在”这一观点。简单来说，“我思”是一种思想活动，是一种自我意识；而“我在”是存在的意思，是证明精神实体的存在。值得强调的是，这里的“故”并不是因果关系，而是表示一种必然性。进而，“我思故我在”可以理解为：我们思考着，必然推导出思想本身的活动者是存在的这一命题。这样的观点也为他后面提出的物质与精神的二元论埋下伏笔。此外，“唯理论”的代表人物还有斯宾诺莎、莱布尼茨等，他们的观点进一步发展了唯理论的认识根基。

“经验”与“唯理”之争持续了很长时间，终于在康德那里得以和谐互补，这一点我们将在下一章加以介绍。

第九章

英伦的冬日总是寂寥而漫长，从九月份起，白昼就逐渐缩短，黑夜则来得一天早过一天。不过好在冬季总算快要过去了，二月的暖风开始拂过巴斯的柳芽——“It was the beginning of February”，跟随小说原文第六章的第一句，我们迎来了全书的第一个高潮。转眼间，Anne 已在巴斯住了一个月有余。又一个春天即将降临这座城市，也将降临到 Anne 的生命中。本章将对应小说原文第二卷的第六至八章，讲述 Anne 在经历岁月沧桑之后终于迎来属于自己的春天。那么，她与 Captain Wentworth 那段沉睡了八年多的爱情，是否将会重新苏醒？

情义再起

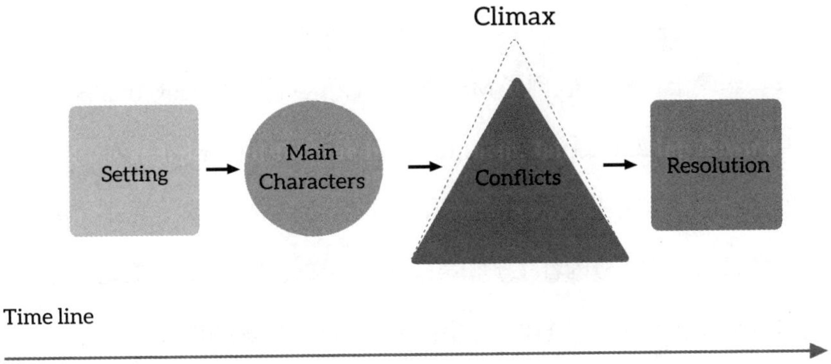
Climax
Setting
Main
Characters
Conflicts
Resolution
Time line

记叙文结构图

一、柳暗花明又一村

——章节内容解析

意外消息

一天晚上，Anne 收到了 Mary 的来信，这封信比以往的来信都要厚些，而且是 Croft 夫妇送过来的。信的第一部分内容依旧是 Mary 对一些日常琐事的抱怨，絮絮叨叨了很长的篇幅，不过 Anne 耐心地读了下去。Mary 后来装进信封的第二部分内容几乎和第一部分一样冗长，而且开头是一样地索然无味，都是些琐碎的家长里短之事。不过 Anne 仍是平静地读着，直到她看到了这句话——But now for Louisa. I have something to communicate that will astonish you not a little.（再来说说 Louisa，我要告诉你一件事，保准吓你一大跳。）

然而 Mary 却卖了个关子，没有直接说出事情是什么，而是又扯到了 Louisa 和 Harville 夫妇平安到家的事上，她当时去问候他们，却发现 Captain Benwick 没有一起来。信写到这儿时，她才终于说出了惊人的消息——and what do you think was the reason？ Neither more nor less than his being in love with Louisa, and not choosing to venture to Uppercross till he had had an answer from Mr. Musgrove.（你想知道原因吗？恰巧是因为他爱上了 Louisa，所以在得到 Mr.

Musgrove 的答复之前，不敢贸然前来。）

真是突如其来的爆炸性信息！ Anne 心中惊叹：“Captain Benwick and Louisa Musgrove!”这太不可思议了！不过她克制住自己惊讶万分的情绪，装作若无其事的样子，回答父亲和姐姐关于 Mary 来信的问询。只不过 Sir Walter 只是关心 Croft 夫妇是不是乘坐驷马马车来的，以及他们在巴斯住的地域怎样。接下来，Anne 的父亲和姐姐就开始讨论要不要把 Croft 夫妇介绍给 Lady Dalrymple 认识。不过，Anne 对此并不感兴趣，她现在满脑子都是 Captain Benwick 和 Louisa 在一起的画面。

我们重点来看这一段，开头再次出现了 Anne 的惊叹——Captain Benwick and Louisa Musgrove! The high-spirited, joyous-talking Louisa Musgrove, and the dejected, thinking, feeling, reading, Captain Benwick, **seemed each of them everything that would not suit the other. Their minds most dissimilar**! Where could have been the attraction？ **The answer soon presented itself**. It had been in situation. They had been thrown together several weeks; they had been living in the same small family party: since Henrietta's coming away, they must have been depending **almost** entirely on each other, and Louisa, just recovering from illness, had been in an interesting state, and Captain Benwick was not inconsolable. That was a point which Anne had not been able to avoid suspecting before.

这段话的大致意思是：Captain Benwick 和 Louisa Musgrove，一个活泼开朗、爱说爱笑，而另一个则性格内向、整天读书思考，两个人的性格完全不同，思想也完全不一样，那他们为什么会相互吸引呢？突然间，Anne 找到答案了。看来是环境的影响，因为他们一起生活了一段时间，而且自从 Henrietta 离开之后，他们两人就一直朝夕相处。一个大病初愈，一个又是刚刚走出爱人离世的悲伤阴影，彼此相互安慰，惺惺相惜。这一点，Anne 早就有所察觉。

我们可以看到理性客观的 Anne 总是在冷静地分析问题，可是她也有不冷静的时候——除了重复出现了两次的人名"Captain Benwick and Louisa Musgrove!"，还有一句非常不同于 Anne 平常谈话和思维风格的感叹句：**"Their minds most dissimilar!"** 首先，句子以叹号结尾，这是奥斯丁很少给 Anne 使用的语气。而且我们可以发现这句话中没有谓语动词，它是一句标准的省略式感叹句。从而，Anne 当时万般惊讶的感觉便可以生动地展现出来了。

此外，**"seemed each of them everything that would not suit the other"** 也是不同于 Anne 往日的说话语气。其中"everything"与否定词"not"相连所表达的最高级，很少出现在描写 Anne 的语言里，因为 Anne 向来都是话留三分，所以在这里我们可以再一次体会到这个消息令她多么震惊。

但是，她很快就镇定了下来，开始冷静地分析——"Where could have been the attraction？" **"The answer soon presented itself."** 加粗的这句话体现了她的理性客观，因为这句话再次用了表示物的词"the answer"作主语。此外，后文的"almost"一词，更突出了她缜密的思维。

在 **"That was a point which Anne had not been able to avoid suspecting before"** 中，双重否定的形式再次出现，其中，"avoid"一词含有否定意义，在与否定词"not"相连时，两者一同表达了肯定的意思，即 Anne 之前就是有所察觉的。这里我们需要注意两个词，一个是 doubt，另一个是

suspect，虽然它们都表示怀疑的意思，但是依旧存在细微的差别。

doubt 和 suspect 用法比较

单词	词义	例句
doubt（v.）	to feel uncertain about sth.; to feel that sth. is not true, will probably not happen, etc. 无把握；不能肯定；认为……未必可能	There seems no reason to doubt her story. 似乎没有理由怀疑她所说的话（的真实性）。
	to not trust sb./sth.; to not believe sb. 怀疑；不相信；不信任	I had no reason to doubt him. 我没有理由不相信他。
suspect（v.）	to have an idea that sth. is probably true or likely to happen, especially sth. bad, but without having definite proof 疑有，觉得（尤指坏事可能属实或发生）	Suspecting nothing, he walked right into the trap. 他毫无觉察，径直走入陷阱。
	to be suspicious about sth.; to not trust sth. 怀疑；感觉有问题；不信任	I suspected her motives in offering to help. 她主动要帮忙，我怀疑她的动机。
	~ sb.（of sth./of doing sth.）to have an idea that sb. is guilty of sth., without having definite proof 怀疑（某人有罪）	He resigned after being suspected of theft. 他被怀疑有偷窃行为，随后就辞职了。

总而言之，suspect 强调的是怀疑“有”，而 doubt 强调的则是怀疑“无”。

此外，这里的 suspect 表示 Anne 曾经怀疑过 Captain Benwick 会和 Louisa 在一起，也就是说，她对此有所察觉。所以我们可以感受到，Anne 除了作出了极具智慧的预判之外，或许她还偷偷期待过这件事情的发生——这样，她与 Captain Wentworth 之间就可以少一层障碍了。后文也印证了这一点——

她对此产生了一种连自己都无法理解的快乐："They were too much like joy, senseless joy!"

在了解这个情况之后，Anne 就很想见一见 Croft 夫妇，因为她很想知道 Captain Wentworth 是否真的爱过 Louisa，他是否会因为 Louisa 的突然"背叛"而感到伤心难过。而就在 Croft 夫妇到来的大概十天之后，Anne 就在街上遇到了 Admiral Croft。

在礼貌的问候之后，Admiral Croft 说要告诉 Anne 一个惊人的消息，这不由得令 Anne 紧张了起来。然而他并没有立刻告诉 Anne 发生了什么，而是扯上了别的闲事，无奈 Anne 催了他两次"Did you say that you had something to tell me, sir？"（你刚刚不是说要告诉我什么吗？）我们又一次体会到 Admiral Croft 那种大大咧咧、简单直爽的性格。直到他们走到宁静开阔的街道上，Admiral Croft 才终于开口讲了这件事，那就是 Captain Benwick 与 Louisa Musgrove 的恋情之事。

于是，他们谈了谈对 Captain Benwick 的看法，紧接着 Admiral Croft 就告诉 Anne 这件事是 Captain Wentworth 亲自写信告诉他们的，所以千真万确。一听是 Captain Wentworth 亲自写信提及的，Anne 绝不会放过这一次可以获得有关 Captain Wentworth 心思的机会——"this was an opportunity which Anne could not resist."

她紧接着问：I hope, Admiral, I hope there is nothing in the style of Captain Wentworth's letter to make you and Mrs. Croft particularly uneasy. It did seem, last autumn, as if there were an attachment between him and Louisa Musgrove; but I hope it may be understood to have worn out on each side equally, and without violence. I hope his letter does not breathe the spirit of an ill-used man. 首先，我们可以看到此刻的 Anne 十分紧张，因为她一开口就有些结巴（重复的 I hope）。即使是在焦急紧张的心境下，她的思路依然清晰，而且在保证礼节的情况下相当勇敢：她十分委婉地问他："Captain Wentworth 在信里的语气会不会让你们有些担心，因为他确实看上去与 Louisa 有一些感情，然而如今他们即使没有吵架，可是昔日的感情却消失了。我希望他没有流露出受伤的情绪。"

然而性格大大咧咧的 Admiral Croft 并没有读懂 Anne 的心思，他这样回答："Not at all, not at all; there is not an oath or a murmur from beginning to end...No, no; Frederick is not a man to whine and complain; he has too much spirit for that. If the girl likes another man better, it is very fit she should have him." 他回答道："完全没有，完全没有，从没有诅咒和抱怨。他不喜欢怨天尤人，他是一个有志气的人，如果女孩喜欢另一个人，那理所当然应该在一起。"我们可以看到他绕过了 Anne 所关心的问题，即 Captain Wentworth 当初是否爱过 Louisa，而是把焦点转向了谈论 Captain Wentworth 的人品问题。

一看话题被带偏了，Anne 急忙说："Certainly. But what I mean is, that I hope there is nothing in Captain Wentworth's manner of writing to make you suppose he thinks himself ill-used by his friend, which might appear, you know, without its being absolutely said. I should be very sorry that such a friendship as has subsisted between him and Captain Benwick should be destroyed, or even wounded, by a circumstance of this sort." 她为了成功套出她想要的答案，继续婉转地表达："当然，不过我的意思是从他的写信方式来看，你没有察觉到

他是受了什么委屈吧，因为你知道这种情绪是不用说就可以自然流露出来的。如果他和 Captain Benwick 之间的友谊就因为这件事而受到破坏或者损害，我会感到很遗憾的。”

这里，我们看到 Anne 再次局促了起来，有些语无伦次，因为在“**But what I mean is, that I hope....**”这句表语从句里，is 与 that 之间是不可以用逗号断开的。而且在“**which might appear, you know, without its being absolutely said**”中的插入语“you know”，也是多余的，这极不符合 Anne 往日精练优雅的语言表达习惯。

说到此处，Admiral Croft 终于明白了 Anne 的意思，他说：“Yes, yes, I understand you. But there is nothing at all of that nature in the letter. He does not give the least fling at Benwick; does not so much as say, ‘I wonder at it, I have a reason of my own for wondering at it’. No, you would not guess, from his way of writing, that he had ever thought of this Miss（what’s her name？） for himself. He very handsomely hopes they will be happy together; and there is nothing very unforgiving in that, I think.”我们可以大致这么理解：“哦！哦！我明白你的意思了，不过信里完全没有一点这样的情绪，他甚至连这样的话都没说‘我感到很奇怪他们为什么在一起’，而且你从信里压根儿看不出来他把那位小姐（叫什么名字来着？）当作自己的爱人，他真的希望他们开心地在一起，他信里没有什么埋怨。”

听到这里，Anne 虽然不能完全信服，但是也轻松了很多。更有意思的是，粗心大意的 Admiral Croft 再一次忘记了 Louisa 的名字，可见与 Anne 比起来，Louisa 在众人心中是没有吸引力的。

意外相遇

就这样，Anne 和 Admiral Croft 沿着街道走着，Admiral Croft 说希望 Captain Wentworth 可以来到巴斯重新寻找真爱，而就在他说这句话的时候，Captain Wentworth 已经在来巴斯的路上了——While Admiral Croft was taking this walk with Anne, and expressing his wish of getting Captain Wentworth to Bath, Captain Wentworth was already on his way thither. Anne 在不久后出门的时候，就见到了他——Before Mrs. Croft had written, he was arrived, and the very next time Anne walked out, she saw him.

这里，我们可以看到奥斯丁通过精妙的语言营造出了一个非常精彩的瞬间，当读到 **Captain Wentworth was already on his way thither** 这么句时，每个人的心头都会有一种刺激感。简直太出乎意料了，他就这样突然出现了！

电影剧照——Anne 与 Captain Wentworth

这样猝不及防的偶遇令 Anne 十分慌张，她半天缓不过神来。不过她万万没想到 Captain Wentworth 也是一样地慌张。Anne 从未见过他如此紧张过，他满脸通红。（He was more obviously struck and confused by the sight of her than she had ever observed before; he looked quite red.）

这时，Anne 觉得他不再像之前那么从容了，这可能是时光改变了他，也可能是 Louisa 改变了他，总之他看起来有些局促不安。虽然他看起来气色很好，仿佛未曾经历过肉体和精神上的痛苦，他也谈到了 Musgrove 一家，他甚至还提到了 Louisa，而且在提到她名字的时候，他脸上还拂过一丝狡黠的神情，仿佛他只是一个旁观者。但是他终究是紧张的，无法装出镇定自若的样子——Time had changed him, or Louisa had changed him. There was consciousness of some sort or other. He looked very well, not as if he had been suffering in health or spirits, and he talked of Uppercross, of the Musgroves, nay, even of Louisa, and had even a momentary look of his own arch significance as he named her; but yet it was Captain Wentworth not comfortable, not easy, not able to feign that he was.

这时外面正下着小雨，Captain Wentworth 想把自己的雨伞给 Anne 用，而 Anne 不知是不是故意地说她在等 Mr. Elliot，从而看看他的反应来作判断。话音刚落，Mr. Elliot 就来了。Captain Wentworth 完全记得他就是在莱姆与 Anne 擦肩而过并向 Anne 流露出万般爱慕之情的那个人。接着，Captain Wentworth 留在原地，看着 Anne 挽着 Mr. Elliot 的胳膊走向远方，渐渐消失在视线里。

更令 Captain Wentworth 难受的是，身边几位同行的人正在纷纷议论着 Anne 和 Mr. Elliot。我们来看看她们的对话：

——Mr. Elliot does not dislike his cousin, I fancy？（我想 Mr. Elliot 有点喜欢他堂妹吧？）

——Oh! no, that is clear enough. One can guess what will happen there. He is always with them; half lives in the family, I believe. What a very good-looking man!（当然喜欢！我们会想到之后的情况，他们总是在一起，我想他多半时间都是在她家里。他长得多帅呀！）

——Yes, and Miss Atkinson, who dined with him once at the Wallises, says he is the most agreeable man she ever was in company with.（是啊，Miss Atkinson 也同他一起吃过饭，她说他是她结交过的最讨人喜欢的男人。）

——She is pretty, I think; Anne Elliot; very pretty, when one comes to look at her. It is not the fashion to say so, but I confess I admire her more than her sister.（我觉得 Anne Elliot 也十分漂亮，你仔细看，不瞒你说，我觉得她比她姐姐好看。）

——Oh! so do I.（是啊！我也这么觉得。）

听到这些对话，可怜的 Captain Wentworth 会吃醋吗？而在随之而来的其他聚会中，他会向 Anne 表达爱意吗？

意外交谈

这一天，他们都来参加音乐会了，于是他们又见面了。Anne 不顾父亲和姐姐并不亲和的眼神，坚持和 Captain Wentworth 攀谈。他们从天气谈到了巴斯，从 Louisa 与 Benwick 又谈到了莱姆。当 Captain Wentworth 说到 Benwick 时，似乎在暗示着什么，他说："A man like him, in his situation! with a heart pierced, wounded, almost broken! Fanny Harville was a very superior creature, and his attachment to her was indeed attachment. A man does not recover from such a devotion of the heart to such a woman. He ought not; he does not."（像他这样的人，刚刚失去心爱的人，心都要碎了，况且 Fanny Harville 是一个出色的女性，他绝对是爱着她的。作为男人，不太会忘情于这样的女人，他不应该忘情，也不会忘情。）Captain Wentworth 非常激动，仿佛在向 Anne 表达着自己从未忘情。Anne 也禁不住兴奋了起来，呼吸急促，百感交集（beginning to breathe very quick, and feel an hundred things in a moment）。

电影剧情——Anne 望着 Captain Wentworth

因为 Anne 不想把自己的情绪暴露得太过唐突，只好打岔，又扯到了莱姆，她说："I should very much like to see Lyme again."（我很想再看看莱姆。）Captain Wentworth 回答道："Indeed! I should not have supposed that you could have found anything in Lyme to inspire such a feeling. The horror and distress you were involved in, the stretch of mind, the wear of spirits! I should have thought your last impressions of Lyme must have been strong disgust."（真的！我真没想到你会喜欢莱姆，你当时被卷入惊恐与烦扰之中，被搞得紧张疲惫！我以为莱姆一定没有给你留下好印象。）

Anne 回答道："The last hours were certainly very painful," replied Anne; "but when pain is over, the remembrance of it often becomes a pleasure. One does not love a place the less for having suffered in it, unless it has been all suffering, nothing but suffering, which was by no means the case at Lyme. We were only in anxiety and distress during the last two hours, and previously there had been a great deal of enjoyment. **So much novelty and beauty!** I have travelled so little, that every fresh place would be interesting to me; but there is real beauty at Lyme; and in short"（with a faint blush atsome recollections），"altogether my impressions of the place are very agreeable." 我们可以这样理解：她说，最后几个小时是痛苦的，但是痛苦过后再回想起来倒会觉得是一件快乐的事，因为即使我们在最后两个小时焦灼不安，但是在这之前是无比快乐的，那么多新鲜的事情、美丽的风景。莱姆真的美极了，总而言之（她不知道想起了什么，有些脸红）我对莱姆的总体印象还是很好的。

仔细分析这两个人的对话，我们可以发现他们都是温柔体贴的人，都会站在对方的角度考虑问题。比如 Captain Wentworth 会觉得莱姆的经历让 Anne 身心憔悴，而且他的潜台词里竟有些责怪 Louisa 的意思；而 Anne 也在安慰 Captain Wentworth，说自己在那里总体觉得很愉快，以免他自责。而且，我们发现 Anne 是非常理性的，可以说有哲学思维，把事物一分为二来看待，从来不会一概而论。此外，她对于自然景物的喜爱体现出她欣赏浪漫主义的特点——**So much novelty and beauty!**

最后，她羞红的脸仿佛是在告诉 Captain Wentworth："我喜欢莱姆，是因为你在呀！" Anne 看着他那躲躲闪闪的眼神，以及意味深长的目光，颇有几分过去的柔情蜜意，他一定还是爱着自己的。（Yes, some share of the tenderness of the past. She could not contemplate the change as implying less. He must love her.）

然而，在音乐会进行期间，Anne 并没有机会和 Captain Wentworth 继续交谈，因为 Mr. Elliot 一直缠着她翻译意大利文的歌词大意。不料，Captain Wentworth 似乎吃醋了，他起身就要离开音乐厅。看到这一幕，Anne 挽留他说："Is not this song worth staying for ? "（你不想留下来听听这首歌吗？）而他决绝地回答道："不，没有什么东西值得我留下。"说罢，他就立刻离开了。这时，Anne 心想："Jealousy of Mr. Elliot! It was the only intelligible motive."（他一定是嫉妒 Mr. Elliot，这是她唯一能想到的理由。）

电影剧照——音乐会

可想而知，他的确是爱着 Anne 的！不然怎么会吃醋呢！这令 Anne 万般激动。不过，转念一想，如何让 Captain Wentworth 不要误会自己和 Mr. Elliot 的关系呢？这确实是一个让人头疼的问题。

二、做一个积极的行动者
——奥斯丁的“自我”

在本章的故事里，我们可以看到在Anne的身上发生了一个重大的改变，那就是在很多事情上，她开始从一个被动的倾听者，逐渐变成了一个主动的行为发出者。我们发现，当她洞察所有人和事之后，就开始采取积极有效的行动了。

首先，Anne收到Mary的来信，听到Captain Benwick和Louisa Musgrove在一起的消息之后，她立刻作出分析，采取行动。第一，她深入分析了Captain Benwick 和Louisa Musgrove在一起的原因：这可能是因为自从Louisa受伤以来他们有机会朝夕相处，从而产生了感情。她很清楚自己的内心是深深爱着Captain Wentworth的，所以她目前需要做的一点就是，弄清楚Captain Wentworth心里究竟有没有Louisa，以便知道自己该怎样做。

所以，我们看到当她偶遇Captain Wentworth的姐夫Admiral Croft的时候，她以非常适度的理解、清晰的思路来打探Captain Wentworth的情感走向；可由于她的表达太过委婉，一向大大咧咧的Admiral Croft一开始没听出来她的用意。不过，虽然Anne没有得到足够明确的答案，但是她的这次行动多少给她增强了信心。

接下来，我们可以看到Anne的第二次主动“出击”是在音乐会上。她

电影剧照——Anne 在音乐会上

非常智慧地对 Captain Wentworth 说："I should very much like to see Lyme again."（我很想再看看莱姆。）这既可以向 Captain Wentworth 表达自己的心意——自己非常珍惜和他一起在莱姆度过的时光，又可以间接获取 Captain Wentworth 对自己的反馈，实在是一举两得的好办法！

之后还有一个细节，在 Captain Wentworth 看到 Mr. Elliot 一直缠着 Anne 翻译歌词大意，从而因吃醋生气即将转身离开的时候，Anne 懂得主动为自己争取机会，虽然在众目睽睽之下略显唐突，但是 Anne 内心的定力与执着告诉她这么做是值得的，于是她勇敢地起身挽留他说："Is not this song worth staying for？"（你不想留下来听听这首歌吗？）

我们发现，在历尽辛酸之后业已成长了的 Anne 更有行动力了。过去的她只是一味地服从别人的安排，聆听别人的劝导，可是如今她有了自己的判断，更有了自己的行动力。在日常生活中，我们也要向 Anne 学习，在洞察事物从而形成清晰的逻辑、准确的判断之后，要通过积极的行动来为自己争取机会，哪怕失败了也是在给人生增加"厚度"。

三、康德的先天综合判断
——快速串联西方思想史

在我们的故事里，Anne 是一个名副其实的理性主义者。一方面，她具有过人的推理能力；另一方面，她又特别尊重从实践中进行观察的经验法。八年多前，在理智分析的基础上，她听从了 Lady Russell 的劝导，考虑到现实条件以及未来发展空间的限制，她忍痛与 Captain Wentworth 分手。在经历了八年多的分别之后， Anne 又在自己生活阅历的基础上仔细观察，积累经验，形成了对人的理性判断。这种二元对立的完美结合，让我们可以借机了解一下思想史中二元对立思想融合的范例。

歌德画像

首先，就像我们在第八章中提及的，康德通过调和“经验论”与“唯理论”的矛盾，成为哲学史上的集大成者。在他的《纯粹理性批判》中，他革命性地提出了“先天综合判断”，从而巧妙地融合了“唯理论”所强调的先天的知识与“经验论”所强调的后天的经验这二者之间的落差。

我们先来看看此时形而上学遇到的困难。“唯理论”只强调先天的知识，这虽然维护了推理的重要性，但是却阻隔了新知识产生的源泉。也就是说，按照“唯理论”的主张，除了先天的知识以及从中形成的推理判断，就再没有新的知识产生了。而另一方面，“经验论”只强调后天的经验，却忽视了推理过程，那么只要是没有经历过的事物就需要怀疑了，这会使人陷入怀疑论的境况，且对于经验以外超验的知识就无从认识了。因此，这两个分支各自的漏洞导致理性主义陷入了困境。

但是康德通过哥白尼式的哲学革命帮助理性主义走出了困境。哥白尼在科学史上首次颠覆了太阳围着地球转的地心说，并确立了地球围着太阳转的日心说。与此相仿，在哲学史上，康德首次颠覆了以往理性主义“唯理论”与“经验论”这两个分支所谓的主体去观察并适应客体以在头脑中形成知识的观念，转而提出知识的产生需要客体去适应主体的观点。这就是从主体围绕客体转的客体中心说，转而成为客体围绕主体转的主体中心说。

为了阐述主体中心说，康德引入了一个新概念——“物自体”，它是指存在于人类认识之外、绝对不可被人类认识的存在之物。与这一概念对立的是康德所说的现象界，是指人类意识所能认识到的物质世界。比如笔者曾在《彻底改变思维的英文写作法》一书中写到，我们要以花的观念形成推导不同文章结构的形成。我们在观察了世界上那么多颜色各异、形状不同的花之后会在头脑中形成一朵花的概念。而按照康德的推理，在这朵花的概念背后一定存在着一个我们不可知的模型，即“物自体”，这个“物自体”刺激着我们的感官，以符合我们感官认知能力的形态进入我们的认识中，使得我们在认知层面认识到了花朵的表象。康德的主要贡献就在于，他为了揭示我们的认识过程，对世界进行了二元划分：现象界讨论知识，这个领域是可认知的、是理性的，而在知识经验的背后是不可认知的“物自体”。

按照康德的论述，客观世界如果进入人脑形成知识，首先需要客体适应人脑本身所具备的先天认识形式。而这样的话，有一部分客观世界的领域是适合人脑认识形式的，是能够进入人脑形成知识的，但还有一部分客观世界的领域是不适合人脑认识形式的，于是就无法进入人脑形成知识了。前者进入了人脑形成知识就是现象界的内容，后者无法进入人脑形成知识是所谓的“自在之物”或“物自体”。这样依靠经验汲取知识的“经验论”与依靠推理而获取知识的“唯理论”就通过现象界的接受而得以融合，并克服了先前怀疑论以及缺乏知识来源的弊端：我们永远可以拥有知识的来源，我们有“物自体”；我们永远具有推理能力，我们头脑中有先天认识形式。“物自体”刺激头脑，合适人脑认知推理模式的就进来形成知识，不合适的就进不来也就无法形成知识。而“物自体”这一不可知的概念又为康德继续谈论宗教问题埋下了伏笔。

在康德的影响下，后续思想的发展就有了更多融合的可能。比如歌德领导了一场自然哲学的尝试，这个尝试旨在将牛顿科学那种基于观察获得的经验与来自心灵的直觉联合起来。在歌德看来，自然的真理并非只是独立于心灵之外的客观实在，而是存在于认知之中的。也就是说，自然的真理是通过人类的认知得以显现的。因此，自然与精神并非根本不同，而自然本身就是精神的一部分。鉴于此，科学的理性与浪漫的感性就被加以融合了。

歌德画像

这种二元对立又辩证统一的思想异常珍贵，它指引着后世学者，带着来自浪漫主义的博大热情，又以科学的理性精神，努力从万物貌似矛盾的表象中找到背后的关联，从而努力将宇宙中貌似凌乱的现象加以整合。

第十章

在上一章中我们了解到，Anne 更加坚定了对 Captain Wentworth 的感情，并在与 Captain Wentworth 的关系修复上取得了突破性进展。但是我们一直百思不得其解，Captain Wentworth 究竟为何会选择此时来到巴斯？同时，Mr. Elliot 对 Anne 是否怀有真爱？另外，Mrs. Clay 又在暗中谋划着什么呢？我们本章即将迎来全书的高潮，对应小说原文第二卷的第九至十一章前半部分的情节，那隐藏在层层玄机之下的真相即将被逐一揭晓。

打破迷局

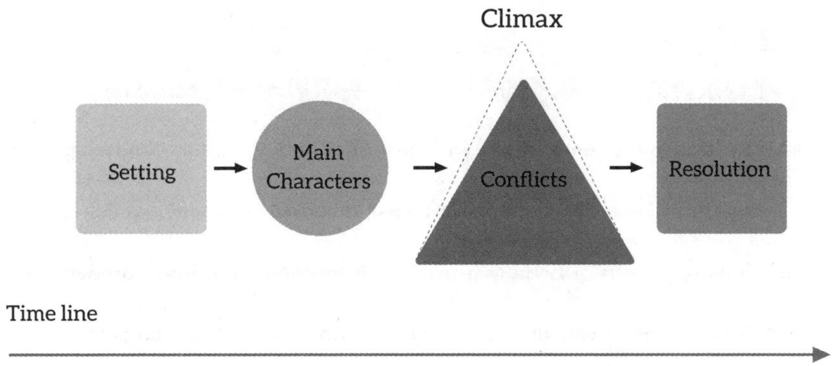
Climax
Setting
Main Characters
Conflicts
Resolution
Time line

记叙文结构图

一、拨开迷雾终见日
——章节内容解析

暗藏玄机

在音乐会的第二天，Anne 按照约定去看望老朋友 Mrs. Smith。因为逐渐确定了 Captain Wentworth 对自己的感情，她这一路上的心情都无比轻快：Prettier musings of high-wrought love and eternal constancy, could never have passed along the streets of Bath, than Anne was sporting with from Camden Place to Westgate Buildings. It was almost enough to spread purification and perfume all the way.（Anne 怀着坚定而热烈的爱情向西门大楼走去，巴斯的街道上不会再有比这更美好的情思，仿佛她给这一路都撒满了芬芳。）

一到 Mrs. Smith 家，Anne 就开始给她讲述昨晚音乐会的情景，并且兴致勃勃地回答 Mrs. Smith 的所有问题。可是令 Anne 疑惑的是，Mrs. Smith 似乎一直话里有话："I see it in your eye... Your countenance perfectly informs me that you were in company last night with the person whom you think the most agreeable in the world."（我能从你的眼睛里看出来，你昨晚是在跟世界上你最喜欢的人在一起。）听到这里，Anne 一下脸红了，顿时语塞：A blush overspread Anne's cheeks. She could say nothing. 她满脑子都是 Captain Wentworth，但是她无法想象，Mrs. Smith 是怎么知道 Captain Wentworth 的。不料，沉思片刻后，Mrs. Smith 问："Is Mr. Elliot aware of your acquaintance with me？ Does he know that I am in Bath？"（Mr. Elliot 是否知道你认识我呢？他是否知道我在巴斯？）"Mr. Elliot!" Anne 突然反应过来，原来她指的不是 Captain Wentworth，Anne 急忙解释自己与 Mr. Elliot 并没什么，让 Mrs. Smith 不要误会。

可是谁想到，Mrs. Smith 不知为何这么确信 Anne 一定会嫁给 Mr. Elliot，她认为 Anne 只是因羞涩才否认而已，她甚至还不停地帮 Mr. Elliot 说好话，劝 Anne 嫁给他。

终于经过 Anne 的反复澄清，Mrs. Smith 总算相信 Anne 是不打算嫁给 Mr. Elliot 的。同时，在 Anne 的一再追问下，Mrs. Smith 终于忍不住说出了隐藏在内心的一段往事：

很多年前，Mr. Elliot 还没结婚时，Mrs. Smith 的丈夫就与 Mr. Elliot 结交甚好，而当时 Mr. Elliot 穷困潦倒，全靠 Mr. Smith 救济。然而 Mr. Elliot 丝毫不知收敛，肆无忌惮地向朋友要钱，而 Mr. Smith 又是一个大大咧咧的人，就一直受 Mr. Elliot 操控。直到有一天，Mr. Elliot 通过结婚发了财，而 Mr. Smith 却因 Mr. Elliot 的挥霍而家道中落，但 Mr. Elliot 却不肯帮助救助过自己的恩人。之后 Mr. Smith 过世，Mrs. Smith 非常窘迫，多次紧急求助 Mr. Elliot，即使这个时候，Mr. Elliot 也依旧冷漠无情，毫不关心，Mrs. Smith 才落得如此境地。

而 Mr. Elliot 为什么会对 Anne 一家的态度有了彻底的转变呢？ Mrs.

Smith 竟然也知道原因。原来是这样的：早在很多年前，当他与 Smith 一家还是极为要好的朋友时，Mr. Elliot 就亲口告诉 Mrs. Smith，他当时唯一的目标就是发财，并且坚决要通过婚姻这样简单快捷的途径来发财。而如果答应与 Sir Walter 一家结亲，他是永远无法实现发财这个目标的。所以他有意与 Anne 一家保持距离，并且娶了另外一位有钱的小姐。甚至在 Mrs. Smith 给 Anne 看的一封多年前的信件中，Mr. Elliot 还以非常恶劣的言语侮辱 Anne 的父亲，说他自己丝毫看不上 Anne 家的地位与头衔，因为自己脑子里只有钱。

可是为什么如今他却如此拼命地讨好 Anne 呢？ Mrs. Smith 从 Rooke 护士的口中听说了真相。因为 Rooke 护士每天都去照料 Mr. Wallis 的妻子，而我们从前文得知，Mr. Elliot 和 Mr. Wallis 是要好的朋友。

Rooke 护士是这样告诉 Mrs. Smith 的：随着 Mr. Elliot 有了足够的金钱，他逐渐把兴趣转移到了要继承的爵位上，而当 Anne 的父亲和姐姐带着 Mrs. Clay 来到巴斯之后，他就听 Mr. Wallis 说到了 Sir Walter 和 Mrs. Clay 之间暧昧的关系。所以从那之后他频繁地登门拜访，企图恢复与 Sir Walter 的关系，但他唯一的目的就是监视 Sir Walter 和 Mrs. Clay，从而竭力阻止 Sir Walter 和 Mrs. Clay 的感情发展。因为如果两人真的在一起后就难免会有孩子，如果是个男孩，那 Mr. Elliot 的爵位就不保了。所以 Anne 的出现让 Mr. Elliot 有了一箭双雕的契机，那就是，如果娶了 Anne 这个他从心底里喜欢的姑娘，他就可以一直合情合理地监视 Sir Walter 和 Mrs. Clay 了。

电影剧照——Anne

Mrs. Smith 究竟为何先前极力撮合 Anne 和 Mr. Elliot。那是因为她丈夫在西印度群岛上有一份资产，多年来一直被扣押，假如采取适当措施是可以争取回来的，然而却没有人帮助她操办。Mr. Elliot 是一个合适的人选，然而他却不愿意帮忙，而 Mrs. Smith 自己又无能为力，她连请律师的费用都付不起。但如果再拖延下去，想要要回这份资产只会更难。所以，她才想着如果 Anne 真的嫁给了 Mr. Elliot（当然，这是在她原本以为 Anne 真的喜欢 Mr. Elliot 的情况下），Anne 可以做做丈夫的工作，帮自己一个大忙。

如此一来，谜底揭晓。Anne 本来就差点被 Lady Russell 说服准备嫁给 Mr. Elliot 了，听到这些，吓出一身冷汗。在 Mrs. Smith 与 Anne 的对话中，有一个部分值得我们详细分析：

"This accounts for something which Mr. Elliot said last night," cried Anne. "This explains it. **I found he had been used to hear of me. I could not comprehend how.** What wild imaginations one forms where dear self is concerned! How sure to be mistaken! But I beg your pardon; I have interrupted you. Mr. Elliot married then completely for money ? **The circumstances, probably, which first opened your eyes to his character.**" Mrs. Smith hesitated a little here. "Oh! those things are too common. When one lives in the world, a man or woman' s marrying for money is too common to strike one as it ought. I was very young, and associated only with the young, and we were a thoughtless, **gay set,** without any strict rules of conduct. We lived for enjoyment. I think differently now; time and sickness and sorrow have given me other notions; but at that period I must own I saw nothing reprehensible in what Mr. Elliot was doing. 'To do the best for himself' passed as a duty."

我们可以这样理解这段话："原来昨晚 Mr. Elliot 的话是因为这个，" Anne 说道，"这我就明白了，我发现他经常听别人说起我，但是我不知道是怎么回事。人一旦遇到有关自己的事情真的会想入非非，到头来却发现自己理解的千差万错！抱歉，我打断了你的话，这么说来，Mr. Elliot 完全是为了钱而结婚的？很可能是因为这个事情使得你开始看清他的本性吧？" Mrs. Smith 听了这话，犹豫了一会儿说道："哦，这样的事情太正常了。人生在世，男男女女为了钱而结婚的大有人在，这并不奇怪。我年轻的时候，只跟年轻人混，我们那帮人没什么头脑和行为准则，贪图玩乐。可我现在不这么想了，时间、疾病、忧伤改变了我。不过在那个时候，我确实觉得 Mr. Elliot 的想法无可厚非。当时只是觉得'为自己打算'是一项义务罢了。"

这段话给我们的最大感受就是，Anne 和 Mrs. Smith 在年轻的时候，有着完全不同的道德观念。Anne 有着很高的道德水准，而 Mrs. Smith 比较随便。

也正因为如此，他们夫妇才会被 Mr. Elliot 这种人所操控。除了道德观不一样，Anne 和 Mrs. Smith 的学识也不一样，这从她们的语言中可以体会。首先看“**I found he had been used to hear of me. I could not comprehend how.**”我们可以注意到 Anne 的用词是非常严谨的，在这句话的时态运用里，“had been used to”这一过去完成时就精确地表达出了 Mr. Elliot 是在认识 Anne 之前就听说过她，并且“could not”一词又准确地展现出一个复杂的意思，那就是，Anne 当时不理解 Mr. Elliot 的话，可现在理解了。然而 Mrs. Smith 的语言就不是很正式，“gay set”这类口语化的词语便可以清楚地证明这一点。

当然，Anne 也有语无伦次的时候，比如，“**The circumstances, probably, which first opened your eyes to his character.**”我们可以看到原本完整的句子是以“The circumstances”作主语，而在 which 引导的定语从句之后却没有主句的谓语。可见，Anne 当时那种想弄明白 Mr. Elliot 人品的焦急心情，被刻画得清晰明了。

电影剧照 ——Anne

旧友相聚

Anne 从 Mrs. Smith 家里出来，走在路上，反复思索着刚刚听到的惊人消息，心中久久不能平静。回到家，她得知 Mr. Elliot 上午刚刚来过，心中正暗自庆幸躲过了他，可谁知又听姐姐和 Mrs. Clay 说他晚上还要来。我们来欣赏一下奥斯丁是如何来描写 Elizabeth 和 Mrs. Clay 之间的对话的：

"I had not the smallest intention of asking him," said Elizabeth, with affected carelessness, "but he gave so many hints; so Mrs. Clay says, at least."

"Indeed, I do say it. I never saw anybody in my life spell harder for an invitation. **Poor man! I was really in pain for him; for your hard-hearted sister, Miss Anne, seems bent on cruelty**."

"Oh!" cried Elizabeth, "I have been rather too much used to the game to be soon overcome by a gentleman's hints. However, when I found how excessively he was regretting that he should miss my father this morning, I gave way immediately, for I would never really omit an opportunity of bring him and Sir Walter together. They appear to so much advantage in company with each other. Each behaving so pleasantly. Mr. Elliot looking up with so much respect."

这段话的大致意思是："我根本不想让他来，" Elizabeth 装出一副漫不经心的样子说，"可是他不停地向我暗示，Mrs. Clay 是这么说的。"

"的确，我是这么说的，我平生头一次见这么使劲让别人邀请自己的人。太可怜了！我真替他感到难过。Anne 你看，你姐姐还真是铁石心肠。"

"哦！" Elizabeth 喊道，"这种我已经再习惯不过了，我不会因为男人的几句暗示就慌了手脚。不过，我看到他是因为上午没见到父亲而万分遗憾的时候，我马上让步了，因为我不会错过让父亲和他在一起的机会。他们在一起是多么融洽！ Mr. Elliot 是多么毕恭毕敬。”

我们可以看出来 Elizabeth 也是一个自以为是的人，她坚信 Mr. Elliot 是因为喜欢自己才常来拜访的。同时，这句话里奥斯丁用的“**dramatic irony**”实在太妙了。它有两层含义：首先，Elizabeth 和 Mrs. Clay 都不知道 Anne 早就了解了事实真相，早就看穿了 Mr. Elliot 的人品，而这一点，只有读者知道。其次，只有 Elizabeth 不知道，而 Anne 和 Mrs. Clay 其实都明白：Mr. Elliot 喜欢的是 Anne，而不是 Elizabeth。Elizabeth 被蒙在鼓里却还得意扬扬。与此同时，Mrs. Clay 还以精湛的演技使 Elizabeth 确信 Mr. Elliot 是喜欢她的，而且 Mrs. Clay 还以一箭双雕的策略假装讨好 Anne，以便拉拢关系——**Poor man! I was really in pain for him; for your hard-hearted sister, Miss Anne, seems bent on cruelty**. 这一切，Anne 都看在眼里，她“佩服” Mrs. Clay 高超的演技，明知道 Mr. Elliot 的企图，还假装一副享受其中的样子。我们只好为 Elizabeth 感到心酸，她与 Anne 有着同样优雅的语言表达，却没有 Anne 那样智慧的内心。

电影剧照——Mrs. Clay

不过令 Anne 高兴的是，她得知 Mr. Elliot 即将要离开巴斯，所以两天之内，她不用再见到这个令人作呕的家伙了。

星期五一大早，Anne 就打算去找 Lady Russell，然而正当她要出门的时候，听到有人敲门——一开门，发现是 Mary 夫妇！随后 Charles 告诉 Anne，他们一行来到巴斯的还有 Mrs. Musgrove，Henrietta，以及 Captain Harville。更令 Anne 惊讶的是，Henrietta 与 Charles Hayter 的感情发展极为迅速，她原本以为他们会有很大的经济困难，一时半会儿还结不了婚，可是如今却已经到了给 Henrietta 挑选婚纱的地步！

原来，Charles Hayter 找到了一个青年代行牧师的工作，从而有了长期的收入保障。Anne 还关切地询问了 Louisa 的情况，Charles 说她身体康复了，可性情却变化很大，她不再像之前那么活泼了，如今整天坐在 Benwick 旁边，听他读诗。

这一行人的到来却令 Elizabeth 非常苦恼。她在礼数与虚荣心之间纠结，她一方面觉得应该请大伙儿来家里吃饭，可是另一方面又担心自己家里减少了用人，请他们来家里吃饭就会露馅儿，从而招来街坊邻居的嘲笑。经过左思右想，她想出来一个“妙招”，那就是仅仅叫他们来玩一个晚上，但不请他们吃晚饭。妹夫 Charles 知道后，极为不满，心中暗暗想办法去回避这个晚会。接着，Elizabeth 动身前往旅馆拜访 Mrs. Musgrove，Anne 跟着一同外出。见到 Anne，Mrs. Musgrove 无比开心，她把 Anne 当作自己的家人，并且邀请 Anne 天天过来和他们一起玩。

不久，本就热热闹闹的房间里又来了新的客人——Charles 把 Captain Harville 和 Captain Wentworth 一起带来了。正当 Anne 在思考该怎么向 Captain Wentworth 说清他对 Mr. Elliot 和自己的误会时，Mary 突然大喊了起来。原来，她发现 Mr. Elliot 正在和 Mrs. Clay 在窗外的廊柱后面密谈。Anne 一开始不相信，可当她来到窗前却发现千真万确——果然是 Mr. Elliot！而按照 Mr. Elliot 之前告诉他们的，这个时候他早应离开巴斯了。因此，Anne 感到异常惊讶。

电影剧照——Anne

等客人一走，Charles 就立刻告诉 Mrs. Musgrove，说自己为明晚定了一个包厢，想请大伙儿一同看戏。不出所料，Mary 立刻和他大吵了起来：“Oh! Charles, I declare it will be too abominable if you do, when you promised to go.”（Charles！你已经答应了和我姐姐的约定，明晚去参加晚会，你要是再去看戏，那就太可恶了！）

可 Charles 不肯罢休，坚持说自己并没有答应她，而且一定会去看戏。最后，Mrs. Musgrove 看不下去了，劝说 Charles 把看戏往后推推，因为 Anne 肯定会去晚会，而没有 Anne 的陪伴，她自己也不愿意去看戏。Anne 很感谢 Mrs. Musgrove 给自己提供了一个向 Captain Wentworth 澄清心意的机会，她立刻坚定地表示，自己愿意与大家去看戏，而不是参加自己家里的晚会。

虽然最后大家还是决定把看戏推一推，可是 Anne 的话依旧为她自己赢得了机会，这表明 Anne 不在乎家族虚荣，更不在乎与 Mr. Elliot 一起参加家里的晚会。果然，Captain Wentworth 走过来，似乎想问她为什么不去晚会，Anne 说是因为自己不喜欢打牌。

——“You were not formerly, I know. You did not use to like cards; but time makes many changes.”（我知道你之前不打牌，那时候你不喜欢，可是时间会改变很多的。）

——Anne 回答道：“I am not yet so much changed.”（我没有改变什么。）Anne 喊了一声，又停住了，因为她怕又造成什么误会。过了一会儿，Captain Wentworth 感慨万千地说：“It is a period, indeed! Eight years and a half is a period.”（真是恍如隔世啊！八年半过去了！）

然而正当 Anne 紧张地猜着 Captain Wentworth 下一句会说什么时，耳边又传来一阵敲门声——Sir Walter 和 Elizabeth 出现在门口。原来他们是来送明晚聚会请帖的。 Elizabeth 还特意亲自拿给 Captain Wentworth 一份。Captain Wentworth 带着鄙夷的神情接下了请帖，好像心里在寻思着什么。Anne 明白此时 Captain Wentworth 的所思所想，但是眼下最令她捉摸不透的就是，Captain Wentworth 明晚到底会不会来自己家参加晚会。

再度求婚

第二天一早，Anne 就按照约定时间来到 Mrs. Musgrove 所住的旅馆，打算陪他们一行人玩到晚饭时间。可是一进屋，她就察觉到眼下的情境有些尴尬。因为此时，Mrs. Musgrove 正和 Mrs. Croft 聊得火热，而 Captain Wentworth 正和 Captain Harville 聊得开心。但是 Mary 和 Henrietta 出去了，而且 Anne 还没有办法回避，因为 Henrietta 在临走之前叮嘱 Mrs. Musgrove，一定要让 Anne 留下来等她们回去。Anne 只好坐下来等着，度秒如年。

过了一会儿，她看到 Captain Wentworth 正在写一封信，而 Mrs. Musgrove 正向 Mrs. Croft 介绍自己女儿订婚的经过。Mrs. Croft 对 Henrietta 与 Charles Hayter 的快速订婚表示赞成——I would rather have young people settle on a small income at once, and have to struggle with a few difficulties together, than be involved in a long engagement.（我宁愿让年轻人凭一笔很小的收入马上订婚，一起面对困难，也不愿他们卷入长期的婚约而不结婚。）她又补充说，她不赞成漫长到没有婚期的婚约，订婚时全然不知道有办法结婚，这样是不安全不明智的，做父母的就应该阻止这样的订婚——To begin without knowing that at such a time there will be the means of marrying, I hold to be very unsafe and unwise, and what I think all parents should prevent as far as they can.

听到这句话，Anne 不由得心里一震，感觉这话像是在说自己一样。她下意识地看向 Captain Wentworth，不料，Captain Wentworth 也听到了这句话，当即转过身瞥了 Anne 一眼——he turned round the next instant to give a look, one quick, conscious look at her. 这猝不及防的四目相对之后，Anne 的耳朵一直嗡嗡作响，心乱如麻。

这时，Captain Harville 叫 Anne 过去看一幅画，画上是 Captain Benwick。Captain Harville 随即告诉 Anne，这幅画是当年 Captain Benwick 准备送给自己的妹妹 Fanny 的，可是如今这幅画却将要被送给 Louisa 了。Captain Harville 心中感慨万千。这时 Anne 安慰他说，但凡是用真心去爱的女人，都不会忘记对方，并且补充道："Yes. We certainly do not forget you as soon as you forget us ."（我们女人对你们就不像你们对我们那样忘得快。）

谁知这句话一出口，就遭到 Captain Harville 的强烈反驳，他坚持认为男人对于情感的坚持更长久，而女人反而经常朝三暮四。因为他觉得男人的身体更强壮，而身体与精神是一致的，所以他们的精神也更强大，能经受得住惊涛骇浪的考验。Anne 辩论说："Your feelings may be the strongest," replied Anne, "but the same spirit of analogy will authorise me to assert that ours are the most tender. **Man is more robust than woman, but he is not longer lived; which exactly explains my view of the nature of their attachments**. Nay, it would be too hard upon you, if it were otherwise. You have difficulties, and privations, and dangers enough to struggle with. You are always labouring and toiling, exposed to every risk and hardship. Your home, country, friends, all quitted. Neither time, nor health, nor life, to be called your own. It would be hard, indeed."

这段话的意思是：Anne 解释说："你们的感情可能是更加强烈，但是我们的感情更加温柔。你们的身体强壮，然而寿命却没有我们长，本着身心一致的原则，这就恰好证明了我的看法，就是男人的情感维系短，女人的情感维系长。不然的话，你们会受不了的，因为你们会遇到更多的危险和挑战，你们背井离乡，冒着生命危险去战斗，假如再有女人一样的柔情，那对你们来说就太难熬了。"其中，这句类比——**Man is more robust than woman, but he is not longer lived; which exactly explains my view of the nature of their attachments**——将 Anne 清晰的思路与绝妙的逻辑展现得淋漓尽致。

电影剧照
——Captain Wentworth（右）和 Captain Harville（左）

话音刚落，就听到 Captain Wentworth 的笔“啪——”的一声掉在了地上，他好像在偷听他们说话。Anne 按捺不住激动的心情又特意地补充着：“I believe you equal to every important exertion, and to every domestic forbearance, so long as—if I may be allowed the expression—so long as you have an object. All the privilege I claim for my own sex （it is not a very enviable one; you need not covet it）, is that of loving longest, when existence or when hope is gone.”（请允许我换个说法，我坚信你们男人的情感很长久，只要是你们爱的人还活着，你们就可以长久得爱下去；而我们女人的长处就在于，对于心爱的人，即使他们故去或者这段感情已经失去希望，我们也可以天长地久地爱下去。）

说完，她感觉自己全身的力气，甚至勇气，都用尽了。一时间说不出话来。

过了一会儿，Mrs. Croft 起身告别，她说要先回家一趟，然后和大伙儿约定今晚相见。这时，Captain Wentworth 正匆匆忙忙地装好信，还露出了一副紧张不安的样子，慌慌张张地走了出去。Anne 觉得有些莫名其妙。

不料，过了一会儿，Captain Wentworth 又回来了，他一边解释说自己忘带手套了，一边快速来到刚刚写信的桌子前，迅速从一堆杂乱的信纸下面取出一封信，放在 Anne 面前，深情地凝视了她一下（with eyes of glowing entreaty fixed on her for a time），便立刻又走了出门去。如此一来，Mrs. Musgrove 根本没有发现他回来过！

刹那间，Anne 的心中波涛汹涌。原来他刚刚是在给自己写信！ Captain Wentworth 写了什么呢？我们不禁为 Anne 揪心。因为这封信，似乎决定着 Anne 未来的命运——

I can listen no longer in silence. I must speak to you by such means as are within my reach. You pierce my soul. I am half agony, half hope. Tell me not that I am too late, that such precious feelings are gone for ever. I offer myself to you again with a heart even more your own than when you almost broke it, eight years and a half ago. Dare not say that man forgets sooner than woman, that his love has an earlier death. I have loved none but you. Unjust I may have been, weak and resentful I have been, but never inconstant. You alone have brought me to Bath. For you alone, I think and plan. Have you not seen this ? Can you fail to have understood my wishes ? I had not waited even these ten days, could I have read your feelings, as I think you must have penetrated mine. I can hardly write. I am every instant hearing something which overpowers me. You sink your voice, but I can distinguish the tones of that voice when they would be lost on others. Too good, too excellent creature! You do us justice, indeed. You do believe that there is true attachment and constancy among men. Believe it to be most fervent, most undeviating, in F. W.

I must go, uncertain of my fate; but I shall return hither, or follow your party, as soon as possible. A word, a look, will be enough to decide whether I enter your father's house this evening or never.

信中是这样说的：我再也无法默默倾听了。我必须告诉你，你的话刺痛了我的心。我怀着一半痛苦，一半希望，我希望你不要对我说，我来得太晚了，昔日的感情早已一去不复返了。八年半之前，我的心被你伤透了，而如今，我怀着一颗更加热烈的心再次向你求婚。我不敢说男人比女人忘情的速度快。因为除了你之外，我没有爱过任何人。我可能对你满腹怨恨，但是我自始至终，只爱过你一个人。为了你，我来到了巴斯。我的一切打算都只为了你一个人。你难道看不出来吗？你难道不明白我的心吗？假如我懂你在想什么（就像我认为你懂我一样），我连这十天都等不下去。我真的写不下去了。我时时刻刻都能听到令我走神的话。你虽然压低了声音，但是我依旧可以辨认出来。你真的太好了！你对我们作出了最公正的评价。既然你相信男人也有忠贞不渝的爱情，那么也请你相信我对你的这颗炽热的心。

我不知道自己的命运会怎样，所以只好先走开了。不过我会尽快回到这里，或者跟着你们一块离开。你的一句话、一个眼神，就能决定我今晚是去你家，还是永远不去。

电影剧照——Captain Wentworth 和 Anne

二、给自己愉悦身心的款待
——奥斯丁的“自我”

在日常生活中，我们一定会遇到无比纠结的时刻——到底是要“勉强自己”还是“放过自己”，这似乎没有标准答案。因为这世界上不存在绝对有意义的事情，也不存在绝对无意义的事情，比如五花八门的应酬，再比如一些烦琐却意义不大的工作。而我们究竟要选择勉强自己去做那些所谓“有意义”却不喜欢的事情，还是选择放过自己，让自己去做开心的事情呢？

在我们的故事里，Anne 就用具体行动给我们做了一个很好的示范。比如，当 Lady Dalrymple 的邀请与 Mrs. Smith 的约定冲突时，她毅然决定前往 Mrs. Smith 的家里，无论父亲和姐姐如何嘲笑她这一“愚蠢”的做法。因为在 Anne 的认识里，友情的力量绝对胜过那些虚无的贵族邀约。果不其然，她的坚定使她收获了对自己最有意义的消息——Mrs. Smith 告诉了她 Mr. Elliot 的过往。这些信息让 Anne 在最关键的时刻明确了思路，作出了果断决定，远离 Mr. Elliot，追求自己的幸福。

再比如，当 Charles 对于 Elizabeth 的晚会安排极为不满，出去定了包厢打算请大家去看戏，从而避开去 Sir Walter 家时，Mrs. Musgrove 觉得有些不妥，并说因为 Anne 肯定会去父亲那里，而如果没有 Anne 一起，自己也不想去看戏。然而 Anne 却回应说，自己很愿意去看戏，而不愿意参加父亲的晚会。因为在前面的故事里，我们就已经了解到，Anne 是非常喜欢和 Musgrove 这一家人在一起的。所以此刻，她不会违背自己的心愿。她坚决明快地说出了自己真正的想法，选择去做自己喜欢的事情，从而鼓舞了 Captain Wentworth 最终来向她告白。

有时候，我们可以学会给自己一些愉悦身心的款待，让自己在充满应酬的生活中，寻求一丝幸福与快乐；学会适当地“任性”，做自己喜欢的事情。

电影剧照——Captain Wentworth（左一）

三、浪漫主义思潮
——快速串联西方思想史

我们的主人公 Anne 生活在 18 世纪末 19 世纪初。一方面，18 世纪的启蒙运动对社会思想的方方面面已产生了深刻的影响，而启蒙运动所强调的理性思维在 Anne 的身上就有充分的体现；另一方面，她那对自然的热爱、对情感的追求也深刻体现着 19 世纪初兴起的浪漫主义的特点。在我们的故事里，Captain Wentworth 是一位感性的浪漫派，他追求情感至上，坚信爱情的力量可以改变一切。而我们这位具有理性主义思想的姑娘 Anne 最终被 Captain Wentworth 吸引，这也反映了 Anne 受浪漫主义影响的一面。在经历了八年多的分别之后，理性派的 Anne 与浪漫派的 Captain Wentworth 最终走到了一起。本节中，我们就来谈一谈那打造了一系列巅峰文学之作的浪漫主义运动。

回顾一下，文艺复兴的思想浪潮同时酝酿了日后两种截然相反的思潮：第一种思潮表现在我们前面章节所提到的科学革命和启蒙运动里，即强调人的理性，崇尚经验的根据或者理性的推演。这体现在牛顿、洛克、休谟以及笛卡尔他们的科学求索与哲学思索之中。他们以理性的意志探索客观世界的一切奥秘，渴望发现真理，打破宗教对于认知的束缚；他们采用数

华兹华斯画像

济慈画像

学等科学的方式方法来揭秘宇宙时空；他们用经验作为判断事物的依据。第二种思潮表现在我们本节要讲的浪漫主义之中。浪漫主义者反对理性至上，因为他们认为人的心灵、想象力、情感力可以给人带来无限的创造力和感知力。他们坚持用与生俱来的感情、勇气、审美力和想象力去探索世界，反对依靠抽象的理性或是经验的事实来形成对世界的认知。

总体来看，法国大革命的浪潮是推动浪漫主义运动的主要原因。大革命所提倡的“自由、平等、博爱”等思想促进了人们个性的解放和情感的抒发，对独立个体与人性自由的歌颂更是深深影响着浪漫主义文学。

此外，浪漫主义者反对工业革命、科学革命给自然带来无尽的伤害。其中，英国浪漫主义文学大致可以分为两个时代：the first generation 和 the second generation。在第一个时期，英国的一批湖畔诗人开始以优美的笔触来描绘自然，歌颂自然的无穷魅力，其中的代表诗人有华兹华斯（代表作有 *Lyrical Ballads*，*The Prelude* 等）、科勒律治（代表作有 *The Rime of the Ancient Mariner, Christabel* 等）。第二个时期的代表人物是济慈（代表作有 *Ode on a Grecian Urn*, *Ode on Melancholy* 等）、雪莱（代表作有 *To a Skylark*, *Hymn to Intellectual Beauty* 等）、拜伦（代表作有 *Don Juan, Irish Avatar* 等）。

拜伦画像

此外，浪漫主义的思考除了涉及美与崇高，还涉及邪恶、魔鬼等人性非理性、黑暗的一面。这一哥特式（Gothic）主题又促进了霍桑、爱伦坡等人的文学创作。总之，在浪漫主义者眼中，客观自然世界并不是用来当作人类理性分析的对象，而是人类灵魂与之相融的对象。

第十一章

在上一章的末尾，一封来自 Captain Wentworth 的告白情书点燃了 Anne 内心的激情，也令所有读者心潮澎湃。这封信同时也将整部小说的情节推向最高潮。信中含情脉脉的文字承载着八年多来他那忠贞不渝的爱情信仰，也诉说着他们之间那份历久弥新的坚定托付。本章我们继续讲述接下来发生的故事，对应小说原文第二卷的第十一章后半部分到第十二章。让我们来看看 Anne 在收到信后的所思所行，以及周围人的反应。

友人祝福

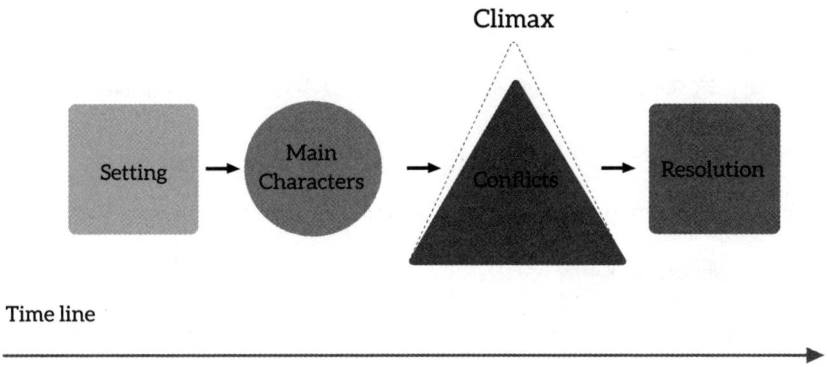
Climax
Setting
Main Characters
Conflicts
Resolution
Time line

记叙文结构图

一、终得相爱相守时
——章节内容解析

恋人牵手

读到这样一封信后，Anne 的心情是难以平复的（Such a letter was not to be soon recovered from）。而且她似乎越来越紧张——这是无法抵挡的幸福（Every moment rather brought fresh agitation. It was overpowering happiness）。她僵坐在原地，大脑一片空白。

然而正在这时，Mary 等人走了进来。虽然 Anne 想极力恢复平静，但她却无法做到，只好借口说自己身体不太舒服，想回家休息。这时，Mrs. Musgrove 叫道："By all means, my dear... go home directly, and take care of yourself."（快回去好好休息吧，亲爱的。）

这里，Mrs. Musgrove 那样惊慌失措的表情与大大咧咧并且热心肠的性格可以通过一个细节充分地展现出来：Mrs. Musgrove, who thought only of one sort of illness, having assured herself with some anxiety, that there had been no fall in the case; that Anne had not at any time lately slipped down, and got a blow on her head; that she was perfectly convinced of having had no fall.（Mrs. Musgrove

脑子里只想到一种病痛，便带着几分担忧自我安慰道：这次不是摔跤引起的，我确信 Anne 最近没有摔跤，头部也没有受伤。）Mrs. Musgrove 自从女儿摔伤了头，就一直担心这种事情。她对女儿的爱和对 Anne 的关心真是打动人。

Anne 心里还惦记一件事情，那就是无论如何也要让 Captain Wentworth 知道自己的态度。她得让别人帮她捎个口信儿——邀请 Captain Wentworth 来家中参加晚会。这对她来说意义重大，因为这能表明她对 Captain Wentworth 告白的回应。于是，她再三叮嘱 Mrs. Musgrove 一定要帮她带到话。等一切都安排妥当之后，Anne 正要起身回家，没想到又出了一个新"麻烦"——天性善良、热心肠的 Charles 看到 Anne 身体不适，不放心她一个人走回去，他只好放弃了去市场看猎枪的计划，决定送 Anne 回家。然而，这样一来 Anne 就不能按自己的原计划——借机在回家路上单独偶遇 Captain Wentworth，以确保消息能够万无一失地传到。无奈之下，她只好装出一副十分感激的样子与 Charles 一同出发了——"This was almost cruel！"（这简直太"残酷了 !"）——奥斯丁是这样描绘的。

不料，他们在半路果然碰到了 Captain Wentworth。瞬间，Anne 脸红了——The cheeks which had been pale now glowed。接着，他们三个人便并排走着，可是性格简单直率的 Charles 突然询问 Captain Wentworth 能不能替自己送 Anne 回家，因为他想去看一支即将出售的猎枪。当然，Captain Wentworth 再乐意不过了。

等 Charles 离开之后，他们两个便独自向一条静谧的小路走去。一边走，一边尽吐心肠。他们谈起了当年轰轰烈烈的感情与誓言，也谈到了这八年多的分别，以及两人的重逢。他们一同回忆了过去，也一起畅想着未来。

果然，就像 Anne 所预料的那样，Captain Wentworth 对 Mr. Elliot 是充满嫉妒的。也正是因为嫉妒心在作祟，Captain Wentworth 才有了之后的种种若即若离的举动，直到最后犹豫之下才倾吐衷肠。就像他在信中所说的，除了 Anne，他没有爱过任何人；在他的心里，她从未被取代过——He persisted in having loved none but her. She had never been supplanted.

起初，他是恨她的。他恨她的绝情，恨她听从了别人的劝导，恨她无论如何都不信任自己，恨她对于他们的爱情不够坚定。于是，他下定决心要忘掉她。但是，他没有想到自己真的做不到。其间，他也尝试其他选择，但到头来却发现，他始终没有办法爱上除了 Anne 之外的任何人。因为，在他心中，她是独一无二的，她那高贵的心灵是无人可比的——在莱姆，他开始清晰地认识到这一切。

然而，一切都晚了。直到连 Captain Harville 都认为 Captain Wentworth 已经和 Louisa 订婚了，他这才后知后觉地明白，自己的所作所为让自己失去了自由——他发现，自己在道义上已经属于 Louisa 了。由于自己种种太过明显的举动，让所有人都误会他爱着 Louisa，这下他无法收场了。他后悔自己不够谨慎，懊恼万分，然而却又无能为力。

于是，他选择了离开。他离开莱姆去找他哥哥住了六个星期。其间，他哥哥还询问了他 Anne 有什么变化，却不知在 Captain Wentworth 的心里，Anne 永远不曾改变——little suspecting that to my eye you could never alter. 就这样，他在痛苦与悔恨中煎熬着。

直到那天，他听到了 Louisa 和 Captain Benwick 订婚的消息，他终于自由了！于是，他当即决定赶来巴斯，试图重拾旧爱。然而，当他见到Mr. Elliot对Anne表现出的万般爱慕时，他失去了信心，这才发生了音乐会那晚的事情。因为他明白，Mr. Elliot的后盾可是当年完胜了他的“敌人”——Lady Russell。听到这里，Anne是这样回应的：“You should have distinguished...You should not have suspected me now; the case is so different, and my age is so different. If I was wrong in yielding to persuasion once, remember that it was to persuasion exerted on the side of safety, not of risk. When I yielded, I thought it was to duty, but no duty could be called in aid here. In marrying a man indifferent to me, all risk would have been incurred, and all duty violated.”（你应该分清差别。你现在不应该怀疑我，因为情况不同了，我的年龄也不同了。如果说我之前不应该听信别人的劝导，但是请相信他们的劝导也是谨慎起见，为了我好，不想我承担风险。当初我听从的时候，认为那是出于义务。因为假如我嫁给一个之后对我无情无义的人，那么我就会面临种种危险。）

电影剧照——Captain Wentworth与Anne

接着，Anne 回到家中，回到自己的房间里，她感到非常幸福，并且对自己的幸福无比坚定——she went to her room, and grew steadfast and fearless in the thankfulness of her enjoyment. 在晚会期间，Captain Wentworth 问了她这样一个问题："Tell me if, when I returned to England in the year eight, with a few thousand pounds, and was posted into the Laconia, if I had then written to you, would you have answered my letter？ Would you, in short, have renewed the engagement then？"（假如我 1808 年回到英国，带着几千英镑回到"拉克尼亚号"上，如果那时我给你写信，你会回信吗？你会恢复婚约吗？）Anne 回应道："Would I!" Captain Wentworth 说道："You would!..." 这短短的对话却饱含着深情与坚定。

电影剧照——Captain Wentworth 与 Anne 在花园中跳舞

喜讯公布

没错，他们很快就订婚了。谁会怀疑这故事的结局呢？——**Who can be in doubt of what followed？** When any two young people take it into their heads to marry, they are pretty sure by perseverance to carry their point, be they ever so poor, or ever so imprudent, or ever so little likely to be necessary to each other's ultimate comfort. This may be bad morality to conclude with, but I believe it to be truth; **and if such parties succeed, how should a Captain Wentworth and an Anne Elliot, with the advantage of maturity of mind, consciousness of right, and one independent fortune between them, fail of bearing down every opposition？**

这段的意思是：无论哪两个年轻人，一旦打定主意要结婚，他们就一定会坚定地实现这个目标，无论他们是多么贫穷或者轻率，或者多么彼此不合适。在小说结尾还提到了这样不好的道德范例，但是我坚信这样的事情确实在发生；假如连这样的伴侣都能成功结婚，那么像 Anne 和 Captain Wentworth 这样既有成熟的思想，懂得自己的权利，又有丰厚资产的情侣，怎能不冲破重重阻力走到一起呢？

此外，我们可以从"Who can be in doubt of what followed？"这句话，看到奥斯丁写作的一个特点——与读者直接对话。这在后面随之而兴起的维多利亚现实主义小说中也有充分的展现，比如在哈代和艾略特的作品里，即使在作者进行第三人称叙事的时候，也会在行文中突然跳出来，与读者直接对话，从而拉近与读者的距离，让作品更加引人入胜。

同时，在最后一句里，作者欲扬先抑：how should a Captain Wentworth and an Anne Elliot... fail of bearing down every opposition.（如果像别人那样不合乎条件的人都可以结婚，那么我们的主人公怎能没有美好的结局。）而“with the advantage of maturity of mind, consciousness of right, and one independent fortune between them”则表示后置定语。

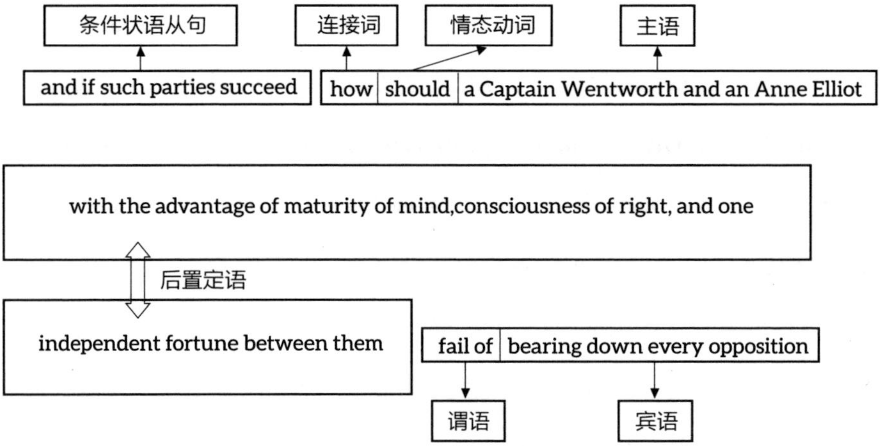

句型结构分析

然而他们订婚的消息一公布，却是几家欢喜几家愁。

Sir Walter 虽然没有公开表示反对，却也没有很赞成，Elizabeth 看上去也是一副漠不关心的神情。不过当 Sir Walter 在白天好好打量了一番 Captain Wentworth 之后，出于对 Captain Wentworth 容貌的惊羡与赞赏，他欣然拿起笔来，在他那宝贝家谱里隆重地添上了这门亲事。

对于 Lady Russell，因为 Mr. Elliot 的言谈举止曾经打动了她，所以她便轻信了他的人品；而她对于 Captain Wentworth 的性格带有偏见，于是就鲁莽地否定了他。然而 Lady Russell 对于这一订婚的消息，虽然一开始接受起来有些尴尬，可是她明白，与维护自己的见解判断比起来，她更珍视 Anne 的幸福——She loved Anne better than she loved her own abilities.

Mary 可能是第一个对这一喜讯感到欢喜的人。并且她认为自己为这件事立下了汗马功劳——多亏了她在秋天让 Anne 陪自己去和他们秋游。

可是 Elizabeth 就不同了，消息一传来，Mr. Elliot 很快就不再登门了。她原本还以为 Mr. Elliot 是喜欢自己的，然而现在希望破灭了，而且之后她再也没有遇到过合适的人——no one of proper condition has since presented himself to raise even the unfounded hopes which sunk with him.

这个消息给 Mr. Elliot 带来了极大的伤害——The news of his cousins Anne's engagement **burst on** Mr. Elliot most unexpectedly. It deranged his best plan of domestic happiness, his best hope of keeping Sir Walter single by **the watchfulness** which a son-in-law's rights would have given. But, though discomfited and disappointed, he could still do something for his own interest and his own enjoyment. He soon quitted Bath; and on Mrs. Clay's quitting it soon afterwards, and being next heard of as established under his protection in London, it was evident how double a game he had been playing, and how determined he was to save himself from being cut out by one artful woman, at least.

这段话的大致意思是：Anne 订婚的消息令 Mr. Elliot 无比震惊。这样一来，他那天衣无缝的计划就破灭了——娶 Anne，从而监督 Sir Walter 以阻止他和 Mrs. Clay 在一起。不过，他即便受了挫，也有自己的办法谋求利益。他随即离开了巴斯，不久，Mrs. Clay 也离开了巴斯。人们听说，她在伦敦作了他的情妇。很明显，Mr. Elliot 一直在玩着一箭双雕的把戏——总之不能让 Mrs. Clay 这个诡计多端的女人与爵爷结合，那会毁了自己的继承权。

在这段话中，奥斯丁用精湛的笔法把 Mr. Elliot 的嘴脸刻画得入木三分：首先“burst on”一词就非常形象地体现了当时 Mr. Elliot 在听到 Anne 订婚的消息时，那极度震惊的神情。还有“the watchfulness”一词，再一次将 Mr. Elliot 那种阴险算计的嘴脸深深地刻入读者的脑海。然而，这般“精明”的人与 Mrs. Clay 那样处心积虑的人凑到一块儿，究竟谁会是最后的赢家？我们还将拭目以待——it is now a doubtful point whether his cunning, or hers, may finally carry the day; whether, after preventing her from being the wife of Sir Walter, he may not be wheedled and caressed at last into making her the wife of Sir William.（在成功阻止她成为 Sir Walter 的妻子之后，Mr. Elliot 最后会不会被哄骗着娶她为妻？这如今还是个谜。）

电影剧照——Elizabeth（左）与 Mrs. Clay（右）

不过，现在我们可以肯定的是，当 Sir Walter 和 Elizabeth 发现自己被欺骗了之后，恼羞成怒。尽管他们有富贵表亲可以寻求安慰，可是这样一味地去奉承别人而没有人来奉承自己，是远远不够的——They had their great cousins, to be sure, to resort to for comfort; but they must long feel that to flatter and follow others, without being flattered and followed in turn, is but a state of half enjoyment. 他们日后的生活乐趣也可想而知。

情意相投

Anne 与 Captain Wentworth 婚后的生活甜蜜而幸福。这一切，Mrs. Smith 也是功不可没——她向 Anne 阐明了 Mr. Elliot 的真实面目，这使 Anne 可以果断采取措施远离 Mr. Elliot，从而也使 Captain Wentworth 不再继续误会。这样一来，Mrs. Smith 不仅没有失去 Anne，反而又多了 Captain Wentworth 这个朋友——Her recent good offices by Anne had been enough in themselves, and their marriage, instead of depriving her of one friend, secured her two.

Mrs. Smith 是在他们婚后第一个去拜访的客人。同时，心地善良的 Captain Wentworth 又以超乎寻常的能力帮了她大忙——She was their earliest visitor in their settled life; and Captain Wentworth, by putting her in the way of recovering her husband' s property in the West Indies, by writing for her, acting for her, and seeing her through all the petty difficulties of the case with the activity and exertion of a fearless man and a determined friend, fully requited the services which she had rendered, or ever meant to render, to his wife. Captain Wentworth 帮助她

赢回了她丈夫在西印度群岛的那份财产，替她写状子，做她的代理人。经过他的不懈努力，他终于帮 Mrs. Smith 克服了无数难题与障碍，从而报答了她曾给予或是打算给予他妻子的帮助。

就这样，在奥斯丁优美的文字里，又一段动人的爱情——Anne 与 Captain Wentworth 的故事，再一次打动了无数读者的心。

电影剧照——Anne 与 Captain Wentworth 紧紧相拥

二、坚持自己内心的原则
——奥斯丁的“自我”

随着小说情节走向尾声，奥斯丁笔下 Anne 这一形象也愈加清晰生动、深入人心。我们在感慨 Anne 的成长经历之余，也为她的不懈努力感到欣喜，感到振奋。本节我们就来谈谈 Anne 这个人物最重要的特质——坚持自己内心的原则。

坚持自己内心的原则，首先要从自我的基点出发，来与周围人进行沟通与交往。我们会发现，在故事中 Anne 非常了解自己。她清楚自己内心的想法，清楚自己想要的是什么。就像我们在上一章讲到的，她不会为了逢迎权贵而违背自己内心的感受。比如，当 Lady Dalrymple 的邀请与自己和 Mrs. Smith 的约定时间冲突时，她没有答应 Lady Dalrymple 的晚宴邀约，依然决定去家人瞧不起的 Mrs. Smith 家。再比如，她很清楚自己喜欢 Musgrove 这家人，喜欢他们那种热情、爽朗、率真的性格。所以当 Mrs. Musgrove 一行人来到巴斯时，她非常愿意整天陪在他们身边。而后，当 Charles 提出不去 Sir Walter 的晚会时，她明确表达自己愿意陪大家去看戏，放弃参加父亲的晚会。

坚持自己内心的原则，还要从自我的基点出发去选择另一半。在故事里，Anne 实际上有三个追求者——Captain Wentworth，Charles 以及 Mr. Elliot。我们可以发现在财富方面，后两个人其实都比 Captain Wentworth 的条件要好。

先看 Charles，他家业丰厚、心地善良，待人热情真诚，在人品上是没有问题的。然而，Anne 却注意到一点， Charles 在思想行为上很不成熟。在思想上，他对财产的看法与妻子 Mary 有很多相通之处，都希望父辈能多多给自己馈赠，依赖思想严重。他在学识和对人的判断上非常幼稚，几乎没办法与 Anne 深度交流。而行为上的不成熟更在很多细小之事上有所体现。我们可以回忆一下，在前面的故事里，Charles 扔下自己生病的孩子留给 Anne 照顾，一心只想着去参加晚宴；再比如他承诺要送 Anne 回家，但是在半路上遇到 Captain Wentworth 时，就以自己想去市场上看猎枪为由，不假思索地把 Anne 转托给了 Captain Wentworth。虽然他这一行为给了 Anne 与 Captain Wentworth 互吐心声的机会，但是就事情本身而言，这体现出他做事不成熟的一面。Anne 在异常寂寞之时还是拒绝了他的求婚，可见她是非常坚守自己的原则的。

相形之下，Mr. Elliot 不仅财产丰厚，而且富有学识和见识，这在他与 Anne 每次都能相聊甚欢中可见一斑。最重要的是，将来他还会有显赫的头衔与爵位。可是，在 Anne 的情感准则里，财富、地位是排在后面的，它们永远没有品德重要。所以当 Mrs. Smith 告诉 Anne 关于 Mr. Elliot 的种种恶劣行为之后，Anne 立刻决定远离 Mr. Elliot。既然自己的过命之交遇难时，Mr. Elliot 都没有出手相救，那他对于爱情也必定是没有付出真心的。无论表面上 Mr. Elliot 看起来怎样仪表堂堂、知书达理，Anne 都作出了明智的判断。

虽然 Anne 最信任的 Lady Russell 表示自己不欣赏 Captain Wentworth 那样不够理性的性格，但历尽成长的 Anne 深知 Wentworth 是有血性的男人，重义气、懂感情。这从他对战友的态度上可以得出结论。只要这样的男人具有了一定的经济基础，她就愿意托付终身。当然，Wentworth 不是完美的，事实上我们不难看出他在感情上并没有像他自己说的那样从无二心，他对 Louisa 的态度绝对是暧昧的。只是经过深度接触之后，他最终明白了在心智与人格上，Anne 是远远胜过其他姑娘的。再加上 Anne 慢慢依靠自己内心的力量战胜了心灵的痛苦，并在精神状态以及外貌上又恢复了往日的神采，从而开始吸引男性的注意，Wentworth 这才又重新审视自己的内心，发现自己对 Anne 是因爱生恨。厘清自己的心思后，他也愿意走出一步，再次获得 Anne 的芳心。

电影剧照——Anne 与 Captain Wentworth

三、20 世纪的思潮

——快速串联西方思想史

Anne 与 Captain Wentworth 的故事迎来了圆满的结局。美满的婚姻为他们的人生开启了新的一页。那么，他们的未来是什么样的呢？在奥斯丁的笔下，我们在结尾看到了战争的危险。回到思想史，人类经历了从古希腊时代对于世界本体论的探索；再到后来在宗教神学统治下对上帝意旨的探索；接着有了文艺复兴，人类开始重拾“自我”；然后经历了理性时代，真正从认识论的领域了解“人”本身。而进入 20 世纪之后甚至 21 世纪之后，人类也在各种新思潮的引领下，迈向新世界。

在进入 20 世纪之前，我们首先介绍一下为新世纪奠基的两位非常重要的 19 世纪哲学家：马克思与尼采。

在早期，马克思曾受到黑格尔辩证法的影响，之后他扬弃了黑格尔辩证法，与自己的唯物论进行结合，提出了辩证唯物论与历史唯物论。马克思对政治经济学领域更是独具贡献。他对于劳动力、社会结构、商品价值尤其是剩余价值等概念的剖析，都对政治经济学产生了深远影响。

与马克思所强调的政治经济领域不同，另一位对人类有着卓越贡献的哲学家尼采则更注重人的精神与情感，他也是近代文学艺术学者木心的偶像，术心曾称尼采为自己精神上的情人。在名著的《悲剧的诞生》中，尼采将美分为酒神精神与日神精神。酒神精神代表非理性的狂喜状态，即“醉”的状态；日神精神则是有逻辑的、有秩序的、理智的状态。尼采认为，真正的艺术是可以让观众感受到艺术家创作过程中的那种“醉意”的。

进入20世纪，人类在科学技术等诸多领域都取得了突破性的进步。计算机、机器人等日新月异的科学技术在给人们带来便利生活的同时，也给人们带来了无限的焦虑感与恐惧感。因为在人类的每一份快乐以及成就感的背后，生态环境都面临着一次又一次的破坏。与此同时，人类的精神领域同生态环境一样面临着危机。在这样一个时代里，两次世界大战破灭了人类关于人性的所有梦想。人类来到了一片精神的荒原——这种现代化的精神危机可以在海德格尔等人的存在主义中找到表达。他们直面人类空虚的灵魂，认为人类的存在仅仅是因为“存在”本身，而不是出于什么更深刻的原因，因为并没有永恒的上帝，一切都出于偶然——人类仿佛被抛弃了，抛弃到这充满矛盾的、无常的存在之中。

而这无所不在的不确定性却赋予了艺术领域无尽的自由。一切“反常”成了日常。混乱的、破碎的、不协调的艺术创作，表达着一代艺术家对于传统“美”的质疑与抛弃。从而，抽象派大获全胜。一个个猎奇求新的现代作品无不体现着现代人对于打破一切标准的渴求，以及在混沌中寻找自我的渴望。我们可以从以下的画作中体会这一现象。

我们可以体会到这些新时代的艺术家摒弃传统的认知局限，在混沌凌乱的画风之中寻找一种平衡与解脱。毫无规则的图形与线条无不诉说着这一崭新时代的特征。

Robert Delaunay, Orphism, 1911

Wassily Kandinsky, birth of Abstract Art, 1913

Stuart Davis, American Modernism,1922

在文学领域，新世纪的思潮更是风起云涌。从叙述角度来看，在弗洛伊德的影响下，以 D. H Lawrence ，Virginia Woolf 为代表的 20 世纪作家，倾向于对人类内心世界的描写，尤其是人物心灵的独白。在此影响下，意识流小说随之发展成熟。

再之后，后现代主义思潮兴起，德里达、福柯、德勒兹等后现代主义理论家对各种文化现象进行解构，对当今文学理论产生了深远影响。

第十二章

奥斯丁的六部小说

可以说，奥斯丁是一个传奇。她虽然一生寂静落寞，终生未婚，但创作出数部经典的爱情小说，成为几个世纪以来世界读者的珍爱。在她的故事里，没有惊天动地的盖世英雄，也没有令人炫目的旷世神话，更没有玄幻迷离的情感剧情，但这些作品却以细腻的笔触和对人性的深邃洞察，在艺术造诣上甚至可以与莎士比亚、狄更斯等英国一流作家的作品比肩。

结 语

奥斯丁画像

奥斯丁出生于1775年12月16日，在家中八个孩子中排行第七。7岁时，她和姐姐Cassandra被送到牛津上学；9岁时，她们就读于雷丁的修道院学校。然而，入学后不久，她们因父亲无法负担学费而退学。但文学创作一直是她坚持不懈的追求，一生中她创作了影响深远的六部小说。这些小说至今被广为阅读，广受青睐。1817年7月18日，她在姐姐Cassandra的怀里去世，享年41岁。

奥斯丁的小说创作

1795年，20岁的奥斯丁进入了一个创作的黄金阶段，她开始撰写《埃莉诺和玛丽安》，这部作品历经改写，最后被重新命名为《理智与情感》。次年，她创作了《第一印象》，这就是大家津津乐道的《傲慢与偏见》的第一个版本。奥斯丁于1811年完成了《理智与情感》和《傲慢与偏见》的终稿。这两部早期作品几乎是当今读者的最爱，它们不断地被搬上荧幕，大家对里面的情节和人物耳熟能详。可以说，奥斯丁的六部小说都从不同角度讲述了女性的成长，但最为大家熟知的当属这两部作品。尤其是《傲慢与偏见》里创作的女主人公Elizabeth更是许多女性仿效的对象，她是一位具有独立精神的姑娘，她与Darcy从相斥、相知到相恋，经历了各种变故，最后分别反省自身自命不凡的地方，并努力加以修正，相互学习，最后走到了一起。

1798 年，她开始撰写另一部小说《苏珊》，这就是后来的《诺桑觉寺》（*Northanger Abbey*）。故事讲的是天真烂漫的 Catherine Morland 在巴斯结识了两对兄妹：家境富有、淳朴善良的 Tilney 兄妹和家境一般的 Thorpe 兄妹。后者利欲熏心。在 Catherine 与 Tilney 相爱后，Thorpe 为了把 Catherine 追到手，同时把妹妹嫁给 Catherine 的哥哥，用尽诡计，甚至还唆使 Tilney 那趋炎附势的父亲阻止 Catherine 和 Tilney 在一起。而这位父亲也非常残忍，竟然不顾儿子的感受，毫不留情地将上门做客的 Catherine 赶出家门。Tilney 虽然向来尊重父亲，但在这个问题上没有退让，而是通过种种努力最后与 Catherine 终成眷属。在奥斯丁的作品中，最不自信的就是《诺桑觉寺》中的这位 Catherine，她可是个灰姑娘，自卑、幼稚、单纯，而且有个喜欢把小说里的情节搬到现实中的毛病，其实脆弱的女孩都有这种以理想评估现实的毛病。最后与心爱的人结合，可以说全靠侥幸。这么没城府的姑娘，凌晨天还黑着就被恋人的父亲轰出家门，自己长途旅行，所幸安全抵家。这部小说中奥斯丁开启了一种写作规范，这就是后现代所惯常使用的 metafiction （元小说）的技法，即叙述者在讲故事的同时转而评论自己的故事情节或者所使用的语言文字。

《曼斯菲尔德庄园》、《艾玛》和《劝导》这三部作品属于奥斯丁的晚期小说。其中，《曼斯菲尔德庄园》讲述了这样一个故事：乖巧懂事的 Fanny 从小过着寄人篱下的生活，多亏有表兄 Edmund 倍加照顾，才勉强度过幼年时光。成年之后，她结识了风流倜傥的 Crawford 和他的妹妹

Mary。Edmund 对 Mary 一见倾心，两个表姐疯狂地迷恋上 Crawford。然而，Crawford 却发现自己爱上了 Fanny，可是 Fanny 心里一直深深地爱着自己的表兄 Edmund。这部作品中的情节被当代后殖民研究学者作为批判殖民主义的案例加以分析。

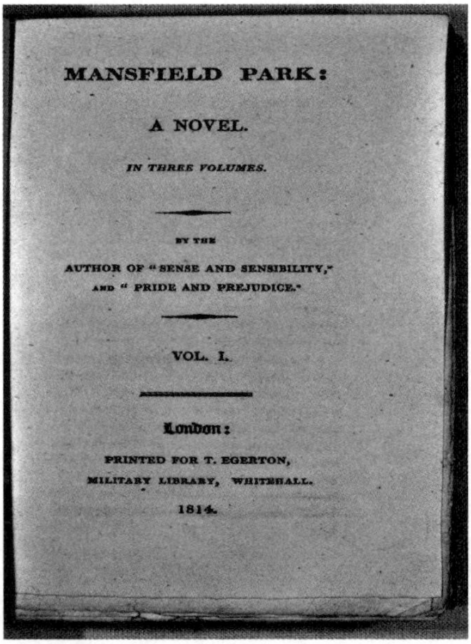
MANSFIELD PARK:

A NOVEL.

IN THREE VOLUMES.

BY THE
AUTHOR OF "SENSE AND SENSIBILITY,"
AND "PRIDE AND PREJUDICE."

VOL. I.

London:
PRINTED FOR T. EGERTON,
MILITARY LIBRARY, WHITEHALL.
1814.

《曼斯菲尔德庄园》原版封面

此外，小说《艾玛》（*Emma*）刻画了 Emma 这样一位美丽聪慧的姑娘。她喜欢浪漫，但自己却是单身主义者。她为好友 Harriet Smith 设计了一场又一场恋爱，可是当 Harriet 误以为自己爱上了 Emma 视作兄长的 Mr. Knightley 时，Emma 却发现自己其实也爱上了他。虽然《傲慢与偏见》最为读者熟知，但《艾玛》其实是更厚重的一部作品。说它厚重，不只是因为它部头更长，也因为这个故事中的 Emma 认识自身缺点的过程隐晦而复杂，毕竟，她是奥斯丁所有作品里最受上帝眷顾的一位姑娘——丰厚的财产，家人的宠爱，过人的美貌，天资聪颖。但是麻烦就麻烦在她太聪明、太自信和自负了，但她能够勇敢面对自己的缺点，也遇到了 Mr. Knightley 这位成熟智慧的引路人，帮助她完成了自我成长，最后与心爱的人走到了一起。

虽然《傲慢与偏见》的情节与人物让人喜爱，但不得不承认，这部作品结构太过完美，人物塑造也太过精巧了。英国有一位很有声望的女演员 Juliet Stevenson（1996 年版 *Emma* 中 Mrs. Elton 的扮演者），毕业于英国皇家戏剧学院。Stevenson 也是听众非常喜爱的一位有声书朗诵者，她发音纯正，声音具有磁性，节奏张弛有度。她朗读了奥斯丁的所有作品，只是拒绝朗读《傲慢与偏见》。虽然，我们都喜欢 Elizabeth 的聪慧、自尊、勇敢，当然，还有完美得不能再完美的结局。但如果坐下来想一想，这个人物是不是有双重标准，她不能接受闺蜜为了钱而嫁给不喜欢的人，却能欣然接受对自己极尽奉承的 Wickham 因为钱而与富家小姐订婚。同样都是她讨厌的人，可 Collins 向她求婚，她拒绝时嬉笑应对，可 Darcy 向她求婚，她拒绝后可是大哭不已。为什么？被宣称只重视爱情，可在 Collins 家做客，却对人家的房舍有种淡淡的轻慢，但在 Darcy 的庄园不禁对那美不胜收的田园痴迷不已，想想自己还放弃了做这里女主人的机会。Elizabeth 心中实际一直不自觉地在向世俗低头，只不过她确实在努力维护自己心中的理想。而在这一点上，Emma 错得真诚，奥斯丁没有给她特意制造一个完美的人设。她的人设都是通过旁边的人给树立起来的。这就是奥斯丁在《艾玛》中人物塑造手法的高超。

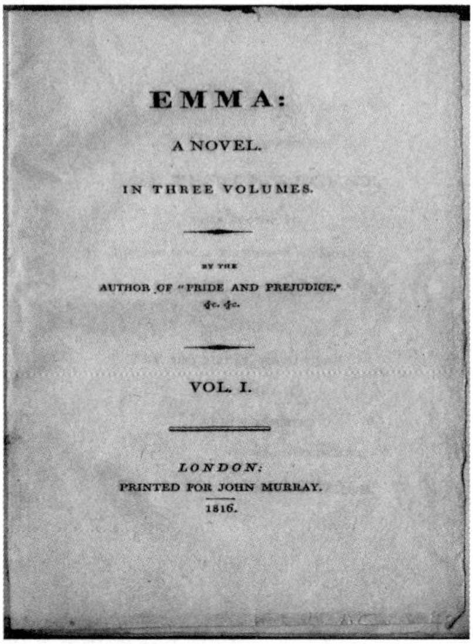

《艾玛》原版封面

《曼斯菲尔德庄园》、《艾玛》和《劝导》这三部奥斯丁的晚期作品，也多次被搬上荧幕，拍成电影，影响着一代又一代人的爱情观和婚姻观。

奥斯丁在创作《劝导》时受尽疾病的折磨，而《劝导》也成为她最后一部完整的作品。这部作品中的女主角遭遇了比其他奥斯丁女主角更漫长的孤寂与失落。但她不屈不挠追求自我的精神、她的理性思考与善良本性，为陷于各种职业与情感困扰的当代青年树立了一个很好的榜样。

奥斯丁小说的语言特点

笔者曾经问到一位美国高校研究英国文学的学者，奥斯丁在英国受热捧，在美国人民心中是怎样的地位。他说，其实在英语世界，除了莎士比亚，奥斯丁享有最大的读者群了。他认为，奥斯丁是难得的既受普通读者喜爱，又受专家青睐的一位作家。为何奥斯丁的爱情故事能成为经典?

首先，她的作品情节虽然简单，但其实一波三折，设计得非常巧妙。同时，她的作品表面简单，却蕴含着很多对人性的细查和对人与社会互相调和的过程中所展现的那些人性中的美丑、善恶以及智慧与愚蠢的审视。而她教会大家在人生的节点，要学会把持自己。这些建议中肯且有实践性，是非常宝贵的。

当然，最重要的是她的手法。20 世纪上叶，英国有一位非常重要的文学批评家 F. R. Leavis，1936—1962 年，他在剑桥大学任研究员，并在英国一些大学做客座教授，是美国艺术和科学学会名誉会员，他创办的 *Scrutiny*（《细查》）这本评论季刊当时非常具有影响力。他有一部影响非常大的评论著作，叫 *Great Tradition*（《伟大的传统》，1948 年出版，在这部著作中，他对至 20 世纪中叶英国最伟大的小说家进行了深入分析，第一便是奥斯丁，然后是乔治·艾略特、詹姆斯、康拉德等小说家）。这部作品的第一句是，“The Great English novelists are Jane Austen, George Eliot, Henry James and Joseph Conrad. Since Jane Austen, for special reasons, needs to be studied at considerable length, I confine myself in this book to the last three.”他认为奥斯丁太重要了，必须单独谈她，所以这部著作的章节都没有专门写她。但是，除了长长的前言是献给她的，他在分析其他作家时，反复提到 Jane Austen 对她们的影响。George Eliot 的一部 *Middlemarch* 被 Virginia Woolf 称作英国最适合成年人看的一部小说，因为里面具有深刻的哲学思考，被 BBC 拍成了 200 集电视剧。而连 George Eliot 自己都承认深受奥斯丁影响。再来看几句 Leavis 对奥斯丁的赞扬，他的文字很美：Critics have found me narrow, and I have no doubt that except Jane Austen, George Eliot, James and Conrad, there are no novelists in English worth reading. Fielding deserves the place of importance given him in the literary histories, but he hasn't the kind of classical distinction we are also invited to credit him with. He is important because he leads to Jane Austen.Leavis 甚至认为，奥斯丁小说形式具有规则，这引发了英国的小说传统，而且还让前面的作品因为她才有了价值：She not only makes tradition for those coming after, but her achievement has for us a retroactive effect: as we look back beyond her we see in what goes before, and see because of her, potentialities and significances brought but in such a way that, for us, she creates the tradition we see leading down to her. Her work, like the work of all great creative writers, gives a meaning to the past. It would certainly be reasonable to say that the laws conditioning the form of Jane Austen's novels are the same laws that condition those of George Eliot and Henry James and Conrad. Jane Austen, in fact, is the inaugurator of the great tradition of the English novel—and by "great tradition" I mean the tradition to which what is great in English fiction belongs.

英国文学的 *Norton* 选读是文学评论里最权威的，里面这样提到奥斯丁：Therefore, better to represent the achievements of novelists, the publisher is making available the full list of Norton Critical Editions—more than 180 titles—including the most frequently assigned novels: Jane Austen's Pride and Prejudice, Mary Shelley's Frankenstein, Charles Dickens's Hard Times, Charlotte Bronte's Jane Eyre, and Emily Bronte's Wuthering Heights. 奥斯丁的《傲慢与偏见》又是名列榜首。

那位20世纪初大名鼎鼎的Virginia Woolf也是盛赞奥斯丁：Without boasting or giving pain to the opposite sex, one may say that Pride and Prejudice is a good book. 她提到，因为没有自己的房间，奥斯丁不给房间的门加油，而门声一响，有人来了，她就可以把稿子藏起来。I wondered, would Pride and Prejudice have been a better novel if Jane Austen had not thought it necessary to hide her manuscript from visitors？ I read a page or two to see; but I could not find any signs that her circumstances had harmed her work in the slightest. That, perhaps, was the chief miracle about it. 这样不利的环境也没有影响奥斯丁的创作。大作家把奥斯丁与莎士比亚相比：Here was a woman about the year 1800 writing without hate, without bitterness, without fear, without protest, without preaching. That was how Shakespeare wrote, I thought, looking at Antony and Cleopatra; and when people compare Shakespeare and Jane Austen, they may mean that the minds of both had consumed all impediments; and for that reason we do not know Jane Austen and we do not know Shakespeare, and for that reason Jane Austen pervades every word that she wrote, and so does Shakespeare.

尽管有关她的评论已经几乎穷尽了她作品的方方面面，但是从新的角度还是会看到新的东西。比如，后殖民研究的代表人物、哈佛大学教授Said就从《曼斯菲尔德庄园》里读出了奥斯丁笔下隐在的帝国。他说奥斯丁有一种自信，就是她笔下的人物都能获得优雅的生活，这种自信源于英国的殖民地能够为英国剥削提供财富。而《曼斯菲尔德庄园》中的 Thomas 爵士从英国殖民地获取财富归来，对家中事务干练而不打折扣地指挥，能让人看到他在殖民地时的模样。这样的分析就把奥斯丁作品中貌似狭小的庄园场景与整个帝国联系起来了。由此可见，奥斯丁的作品会是永恒存在于世界文学之巅峰的不朽传奇。